KÁTHIA GREGÓRIO

o Miolo

lura

KÁTHIA GREGÓRIO

O Miolo

lura

Copyright © 2023 por Kathia Gregório
Todos os direitos reservados.

Gerente Editorial
Roger Conovalov

Diagramação
André Barbosa

Capa
Anael Medeiros

Revisão
Mitiyo S. Murayama
Alessandro De Paula

Impressão
PSI7

Todos os direitos reservados. Impresso no Brasil.
Nenhuma parte deste livro pode ser utilizada, reproduzida ou armazenada em qualquer forma ou meio, seja mecânico ou eletrônico, fotocópia, gravação etc., sem a permissão por escrito da autora.

DADOS INTERNACIONAIS DE CATALOGAÇÃO NA PUBLICAÇÃO (CIP)
(Câmara Brasileira do Livro, SP, Brasil)

Gregório, Káthia
   O Miolo / Káthia Gregório. -- 1. ed. -- São Caetano do Sul, SP : Lura Editorial, 2023.
   256 p.

   ISBN 978-65-5478-016-2

   1. Ficção   2. Romance   I. Editorial, Lura.

CDD: 305.896081

Elaborada por Bibliotecária Janaina Ramos – CRB-8/9166

[2023]
Lura Editorial
Rua Manoel Coelho, 500, sala 710, Centro
09510-111 - São Paulo - SP - Brasil
www.luraeditorial.com.br

O Miolo é dedicado à minha mãe
Zenith Soares Gregório e em eterna memória de
Antonio Gregório, meu pai.

Eu o dedico também às minhas irmãs Valeria Cristina e Rosangela, ao meu irmão Rogerio e em eterna memória de meus irmãos Ronaldo e Ricardo.

Ao meu esposo Mario e à minha filha Mariana Nakayama.

"Viver é um rasgar-se e remendar-se."
Guimarães Rosa

AGRADECIMENTOS

Este livro se tornou realidade devido ao apoio de todos aqueles que estiveram comigo nesta empreitada e em especial de Eduardo Bittencourt, pelo envio do artigo sobre o Bumba Meu Boi durante o período de quarentena no ano de 2020. Dele surgiu a inspiração para escrever este romance de ficção; de minha irmã Rosangela Soares, professora, escritora e poetisa, pela leitura crítica do original e pela observação de que faltava dar ao texto uma "identidade".

Esta colaboração também se estende ao grande amigo, Maestro Caaraura, meu patrono na Academia de Artes, Ciências e Letras do Brasil (ALCIBRAS) pela ajuda na busca da identidade do texto, explicando-me, por meio da oralidade os sentidos das palavras e seus usos dentro do contexto; ao Ateliê Miemart — Maranhão, em especial ao Mestre Douglas pela gentileza e solicitude em responder às mais variadas perguntas.

Agradeço, também, à Consuelo Travassos, pelas informações prestadas e ao ilustrador Vitor Hudson pelas ilustrações da capa do livro e da abertura da obra.

Agradeço ao escritor, poeta, ator e músico Will Tom, por ter feito a parte biográfica da autora.

E, por último, porém não menos importante, o meu agradecimento à escritora — Aila Boler — autora de "As Cartas que Ficaram na Bagagem", por seu maravilhoso texto de introdução.

Espero que todos saibam como é fundamental essa colaboração e o papel que todos exercem na minha vida e o quanto o apoio de todos se tornou encorajador e incondicional.

A todos, meus mais sinceros agradecimentos.

Sumário

Introdução **15**
Prefácio **17**
O Miolo **21**
Posfácio **249**
Glossário **251**
Referências **255**

INTRODUÇÃO

O Miolo, na verdade, é um convite para rompermos a casca. O livro é um bordado de boas histórias, tecido ao som de acordeons e costurado em uma trama maranhense, tudo isto no ritmo de uma festividade típica: o Bumba Meu Boi, a festa popular anual que proporciona um novo começo de vida!

Cada pessoa tem uma grande história que merece ser contada, mas, para alguns falta coragem para assumir as próprias fraquezas, a coragem de se expor por inteiro, ou até mesmo a coragem para se olhar. Afinal, contar uma história é, antes de tudo, um ato de reflexão. Agora, se a sua história fosse contada entre bordados de amor e linhas de rancor? Você seria capaz de vislumbrar a si nesta colcha de retalhos?

Nessa história, se a cidade de São Luís fosse um jardim de memórias, suas ruas teriam o aroma de Rosa, mas se a saudade de um passado que não volta pode adoecer alguém, morrer também faz parte da vida. Do útero de Esperança à transformação das dores de Francisco. O Miolo vem de dentro do coração de uma autora carioca que honra com a ancestralidade familiar de Terras Nordestinas e dos afetos da sua imaginação para as páginas deste romance.

A narrativa clama pelo despertar sobre a importância do resgate às festividades regionais e o valor simbólico das tradições. Não se trata apenas do despertar do sentimento de Edésio, filho de Dona Firmina e Seu José, pela preciosa filha do Sr. Francisco Antônio, a Ana. O Miolo é uma narrativa que viaja além do tempo da Festividade do Bumba Meu Boi e do espaço tradicional do interior Maranhense percorrendo, de mãos dadas com o leitor, da história das personagens aos mais íntimos sentimentos humanos.

Aila Boler

PREFÁCIO

Segundo Paulo Freire, "a leitura do mundo precede a leitura da palavra [...] A velha casa, seus quartos, seu corredor, seu sótão, seu terraço — o sítio das avencas de minha mãe, o quintal amplo em que se achava, tudo isso foi meu primeiro mundo".[1]

O ato de ler não é apenas a identificação de sinais gráficos ligados à língua falada, mas a interpretação e, mais do que isso, a compreensão que damos a eles. Tudo isso vai nos pôr a par de um vasto universo, ou seja, significar a leitura, dando sentido à trama. É do encontro do leitor com o texto que nasce a leitura propriamente dita.

Eu ousaria dizer que ler é o ato de viajar, festejar com o olhar, com o coração, banhar-se nas palavras, participar em suas brincadeiras, abraçar a imaginação, se permitir e se perder em seus variados sentidos. É preencher a vida de cores, fantasias, confetes, bandeiras coloridas e sair tecendo a vida com retalhos multicoloridos, ornamentando o ambiente por onde

---

1 Paulo Freire - *Revista Humanidades e Inovação*, v. 6, n. 10, p. 245, 2019.

passamos. A dança, como fonte de luz, prazer e expressão do estado de espírito, consegue ressignificar a vida.

Káthia Gregório já tem comprovado, com suas outras obras, seu grande talento para a escrita e pela forma como se apropria de elementos ricos e relevantes para compor sua trama. Que delícia! *O Miolo* é aquele passeio sem pressa à pluralidade cultural com sua riqueza de costumes, tradições, crenças, a variante linguística, herança histórica transmitida por gerações, colaborando para a identidade cultural de um povo. O cruzamento de sensações nos remete aos cheiros, sabores, ao aconchego, as cores que mexem com todos os nossos sentidos. Sinestesia pura! E o que falar da alegria da simplicidade e da distância que se encurta com a vontade de jamais partir, mas ficar e, assim, realizar encontros memoráveis.

Em seu romance *O Miolo*, ela nos proporciona uma leitura agradável, trazendo elementos envolventes de um ritual de uma Festa de Boi-Bumbá, enredo que emociona, pois realmente "as cartas não mentem" jamais.

A narrativa simples e direta nos coloca diante de cenas vividas no cotidiano maranhense, sítio onde a ação se desenrola. Suas realidades vão se descortinando aos poucos e, por meio do personagem principal, Edésio, seremos convidados a adentrar a festa com os rodopios do Boi-Bumbá nas voltas que a vida proporciona.

Uma festa fica sempre no imaginário popular, em seu dia a dia. Quem dança interage e num contexto agrega propósitos por meio de suas performances. A expressão das ideias, dos desejos e dos sentimentos sobre o que se vive e como se vive, com os volteios voluptuosos do boi, a sedução de seu bailar que incendeia o coração, trazendo fortes emoções por meio de ritmos, batidas, movimentos gestuais na incorporação do personagem.

Nos atabaques, batuques, sotaques, ritmos, explosões de cores que os olhares, e por que não dizer que os sentimentos transformam a austeridade, o conservadorismo numa plena suavidade em compreender o outro tal qual ele se apresenta e a sua liberdade reivindicada. Entrar nesse bailado é procurar resgatar o outro apesar do peso das tradições. Aí se encontra "o miolo" da questão.

E assim se desenvolve a obra, envolta em sonhos e ideais, em que o sonhador e idealista transvestido num boi, coberto de detalhes coloridos, sai em busca do maior e mais belo espetáculo da vida — o amor —, que despe a alma de qualquer tipo de preconceito. Os folguedos aquecem os corações, incendiando suas fibras.

Em *O Miolo*, Káthia Gregório apresenta relações bastante intensas entre os personagens. O tempo pode passar, mas os sentimentos e a singeleza de momentos vividos jamais passarão. Tudo isso é revivido e reconstruído em toda a sua plenitude, pois o amor constrói pontes.

A autora possui o poder de trazer, com seu romance, uma gama de sentimentos, sendo um deles a expressão da fidelidade entre os personagens Edésio e Ana. Tamanha singularidade na visão deles com relação às suas próprias buscas e desejos incontidos um pelo outro traz grande sensibilidade e pureza à trama. A dança, como elemento propulsor e como ritual que expressa alegria e, ao mesmo tempo, a tristeza dos desencontros, revela a pura expressão das mais simples e fortes emoções.

A história nos conecta com o sagrado, com a riqueza cultural inerente à tradição de um povo cuja vida é celebrada numa festa com profusão de cores, sons, danças, humor e alegria com toda a sua grandiosidade.

O livro é um convite ao leitor a entrar na brincadeira, fazer parte dela e perceber que diferenciados são os sons das vozes que clamam nos ligando a uma única linguagem universal — a linguagem dos sentimentos, estabelecendo uma completa simbiose e enaltecendo, assim, a grande toada da vida.

Rosangela Soares

O Miolo

— Zé! Zé! Por onde andas tu?
Oxente, tu num vai lá, não?

Madre Deus, São Luís (MA), 1993

Mesmo sabendo da intenção do marido em homenagear o primogênito com o nome do avô, D. Firmina praticamente impôs sua decisão ao fazer a escolha sem o consultar.

Fazia semanas que o prazo para registro da criança no cartório já tinha-se passado, e uma greve silenciosa havia se iniciado entre os dois.

Debruçada no parapeito da janela que dava para o quintal, com voz calma e aveludada, conseguiu romper aquele silêncio.

— Zé! Zé! Por onde andas tu? Oxente, tu num vai lá, não? Deixe de ser besta, homi! Vá logo registrar essa criança! E não deixe de registrar o nome como está no papel que te dei!

Encafifado, tirou do bolso da camisa a folha dobrada da revista e coçou a cabeça tentando entender o que teria aquele nome de tão importante.

O assunto naquela folha era sobre Edésio da Capadócia, filósofo neoplatônico, místico, nascido em uma família de nobres. Talvez, um talvez com quase toda a certeza, ela não soubesse a história por trás daquele nome que estava naquela página arrancada da revista encontrada no lixo. Leitura que despertou sua curiosidade e que, mesmo soletrando com dificuldade, achou que ele traria sorte ao filho.

— Mas que raios esse nome tem a ver com a gente, muié? — perguntou, voltando para dentro de casa.

D. Firmina tinha acabado de amamentar a criança e a devolveu ao berço improvisado quando esta adormecera. Voltou à cozinha, observou o ensopado na panela e apagou o fogo tão logo se certificou de que já estaria bom. Repousou a colher de pau em sua borda e se voltou para ele, que ainda sem entender, mas sem desafiar seu olhar, ajeitou-se e partiu para o cartório.

O tabelião, com muita paciência, conseguiu retirar a parte "da Capadócia", explicando várias vezes o porquê.

— Sr. José, traga a sua esposa aqui que eu explicarei para ela o motivo pelo qual o nome foi modificado — disse o tabelião, ao perceber a dúvida no rosto de seu Zé.

Na verdade, ele tinha entendido. O medo de chegar em casa portando uma certidão com a metade do nome escolhido o deixava nervoso. Por outro lado, viu ali sua chance de coparticipação naquela escolha.

Seu Zé, assim chamado pelos amigos, sempre foi devoto ferrenho de São João e sempre gostou de contar as histórias de seus antepassados. Ele dizia que seu avô Bento, segundo relato de seu pai, havia nascido no Município de Alcântara, em 1908, vinte anos após a abolição da escravatura, e que o bisavô de seu pai tinha sido escravo em uma fazenda produtora de algodão.

Com o passar dos anos, seu pai já não se lembrava de muitos fatos e suas datas mas, ainda assim, do pouco que se recordava, contava para o filho. Seu Zé não tinha muita certeza sobre a idade deles à época, mas se recordava das poucas histórias contadas pelo pai, comumente chamado de seu Brás.

— O meu pai era analfabeto e foi perdendo a memória gradativamente, mas conseguiu reter algumas histórias de nossos antepassados. Ele disse que seu bisavô foi uma das vítimas do tráfico de escravos para o Brasil. Depois de sua vinda, veio uma lei que passou a proibir a vinda de novos escravos. Mais tarde, vieram novas dificuldades para os lavradores. Segundo o meu pai, ele disse que o preço do algodão e da cana-de-açúcar caiu e os fazendeiros aproveitaram o crescimento da economia cafeeira nas províncias de São Paulo, Rio de Janeiro e Minas Gerais para venderem os escravos, assim, recuperando o prejuízo.

Durante o jantar, tomado de uma felicidade empolgante, entre um gole e outro de sua cachaça preferida, mostrou-se muito falante e eufórico, deveras fosse pela proximidade do folguedo ou, deveras, pela estreia de seu filho.

— Então, um pouco depois do nascimento do avô de meu pai, seu bisavô foi vendido porque naquela época o Maranhão vendia muitos escravos para outras regiões. E isso era uma ameaça para as famílias escravas— continuou seu Zé.

Raramente seu Zé tocava naquele assunto mas, naquele dia, ele queria falar sobre os seus antepassados, relatos que deveriam ser transmitidos às gerações futuras. Talvez pela euforia da proximidade dos festejos, ele quisesse dizer o quanto era grato.

— Segundo o meu pai e as histórias passadas de geração para geração, a sua bisavó sempre enalteceu a coragem de seu bisavô. Ela dizia que ele sofreu muitos maus-tratos, mas suportou bravamente. E aqueles que não aguentavam, acabavam praticando crimes que ficavam anotados num livro que eles chamavam de Registro de Crimes e Fatos Notáveis. Somente quem sofreu na própria pele que tem o direito de julgar seus atos violentos — continuou falando, ao perceber a total atenção do filho.

— Nós deixamos a cidade de Alcântara, onde meu avô nasceu, um pouco depois de sua morte. Eu ainda era bem pequeno, mas senti a dor da perda. Meu pai já estava decidido a tentar a sorte em outro lugar e partimos para o Município de São Luís em busca de uma vida melhor.

Tiveram uma vida muito difícil, chegando a passar fome algumas vezes. D. Raimunda, mãe de seu Zé, já tinha tido dois abortos espontâneos e quando seu Brás soube que ela estaria novamente grávida, pediu a São João para proteger aquela gestação até o final. Acreditava que a esposa, talvez, não conseguisse superar mais uma tristeza. As coisas foram melhorando um pouco e, quando tudo parecia finalmente caminhar bem, lembrou-se de que não tinha cumprido a promessa feita ao santo.

Assim nasceu o grupo "Eita, Boi Arretado!". Seu nome de batismo resumia um pouco de vários adjetivos endereçados a ele: belo, grandioso, irritado, vistoso.

Seu Brás foi um exímio cantador e autor de belas trovas. Seu Zé foi o primeiro filho gerado após a promessa feita a São João, depois, vieram mais quatro, saudáveis.

Desde pequeno, seu Zé demonstrava desejo em ser o boi e esse interesse não passou despercebido pelo seu pai, que, aproveitando a curiosidade do filho, começou a ensinar toda a cultura do Bumba Meu Boi, desde a composição de trovas até a confecção do boi, de indumentárias, de instrumentos musicais e artesanatos em geral, que eram vendidos, em consignação, por um de seus amigos no Ceprama — Centro de Comercialização de Produtos Artesanais do Maranhão.

Foram tempos terríveis e difíceis mas, de alguma forma, conseguiram sobreviver.

— Você, meu filho, nasceu numa época diferente da minha e de seu avô. Dificuldades sempre as teremos, bem como a liberdade. A dificuldade torna o homem forte. Somente aceite perder a liberdade em caso de um amor, um amor verdadeiro, visse? — disse, enquanto enchia o pequeno copo com sua bebida preferida, não se incomodando com as marcas deixadas pela ação do tempo no rosto e, sempre com um olhar de gratidão, levantava seu copo para brindar essas ocasiões especiais.

Saudoso, seu Zé gostava de se lembrar de quando acompanhava os pais em um dos festejos mais importantes do Maranhão, o festejo de São Benedito, uma manifestação africana. O divino e o mundano ao som dos tambores. Eles sempre enalteciam a origem da família e nunca deixavam de participar dele, sempre no mês de agosto, no largo da Igreja de Nossa Senhora do Rosário dos Pretos, em Alcântara. Essa celebração acontecia em louvor ao santo padroeiro dos negros. E entre as saias rodadas das mulheres, ao som do tambor de crioula, seu Zé observava sua mãe dançando.

— Eu me recordo como se fosse hoje o meu pai falando para minha mãe "Não há nenhuma outra coreira com dançar mais sensual que o seu." Apesar de tantas dificuldades, a gente sempre foi muito grato e bastante feliz por sido criado dentro da cultura quilombola. Podemos dizer que sobrevivemos apesar de tudo.

As trovas que seu Zé compunha desde pequeno eram tão bonitas quanto as de seu pai. Mas, após a morte de seu Brás, mesmo com seu inegável talento, seu Zé optou por continuar dando vida ao boi e passou a liderança do grupo para seu melhor amigo, "seu compadre", como era apelidado e que interpretava a personagem do "Amo".

Seu desejo era perpetuar o grupo de Bumba Meu Boi criado por seu pai e seu maior medo era a não continuidade daquele legado.

Sua infância foi marcada por muito trabalho. Desde muito novo, já fazia ofício de homem adulto. Não reclamava, pois a necessidade batia à porta. A labuta árdua nunca o assustou e desde menino observava o trabalho do pai nas pequenas peças de madeira, nas poucas horas que tinha de folga. Quando criança, sempre foi muito curioso, prestava bastante atenção e começou, despretensiosamente, a atividade artesanal da qual viria parte do sustento de seu lar quando adulto: os artesanatos em madeira que cativavam as pessoas das redondezas e os diversos visitantes desse mundo de Deus. Além deles, seu Zé fazia instrumentos musicais artesanais que atendiam a diversificados tipos de cultura popular.

Até mesmo os tempos difíceis costumam, uma vez ou outra, apresentar seus lados bons. E, com esse pensamento, ele se mantinha otimista ao acreditar que sempre existiria alguém para contar a história da família, dando assim, continuidade ao legado deixado.

Tudo tem seu tempo certo para acontecer, costuma dizer D. Firmina.

Sempre muito festeira, considerava os preparativos juninos como sopros de esperança, ares renovadores em seus pulmões, e não dispensava aquela festa popular anual que, para ela, sempre foi como um recomeço de vida.

Era uma das melhores bordadeiras do bairro. Bordava o couro do boi, fantasias e, numa ocasião, bordou o couro do boi de um "grupo rival", assim diziam os outros; porém, ela não pensava dessa maneira.

"Todos os bois são irmãos, pois contam a mesma história". Ela não se cansava de dar sua opinião quando era indagada sobre o assunto que, na verdade, era apenas uma brincadeira.

D. Firmina era descendente de índio e negro e, ao contrário de seu Zé, não tinha informações sobre sua ancestralidade.

Ela cresceu vendo sua mãe, D. Rita, trabalhar arduamente em serviços temporários: cozinhava, lavava, costurava e bordava como ninguém. O aprendizado, que garantiu a sobrevivência no passado, ajudou a D. Firmina no futuro.

"O bordado é o alimento da alma; a comida, do corpo", assim se expressava quando falava de sua arte.

Aprender os afazeres domésticos ainda criança era praticamente natural para as meninas daquela época, naquela condição de pobreza e de necessidade. E como não havia conhecido nenhum outro tipo de vida, diferente daquela que sua mãe levava, D. Firmina se mostrou resiliente ao perceber que a sua também poderia não ser diferente. Ainda muito jovem, casou-se com seu Zé. O primeiro encontro deles é sempre contado em reuniões de amigos.

Levando em conta seus gostos, isto é, dentro da lógica de todo o contexto, aquele encontro não tinha como ser inevitável.

Durante uma de suas participações em mais uma manifestação cultural, na etapa "Morte do Boi — última parte do ciclo festivo", seu Zé, o miolo, aquele que dá vida ao Boi, mesmo sendo o filho do criador do grupo, por pouco não perdeu o direito de interpretar o personagem.

Foi nessa última etapa de celebração, na fase em que o boi seria caçado, laçado, morto e ainda teria seu sangue (simulado com vinho para os adultos e suco de uva para as crianças) distribuído para os brincantes, que ele avistou D. Firmina, cuja pele jamais precisaria do sol para se bronzear e, respeitando as batidas descompassadas de seu coração, recusou-se a morrer para não a perder de vista.

Ele rodopiou, fez movimentos laterais, correu de um lado para o outro e procurou, por meio de seu gingado, expressar o que sentia naquele momento, ao mesmo tempo em que fugia desesperadamente dos vaqueiros. Para ele, naquela etapa, não convinha celebrar a morte. Ele queria permanecer com seu boi vivo e muito vivo para celebrar o amor que acabara de nascer.

D. Firmina, hipnotizada pelo gingado do boi, pelo balançar das fitas coloridas que adornavam todas as indumentárias, pelas batidas das matracas e por toda aquela alegria, não se conteve e entrou no meio do grupo, juntando-se às índias, como se já fosse parte integrante dele.

Seu Zé atrapalhou o andamento da encenação, deixando todos enfurecidos. Eles corriam atrás do boi de um lado para o outro, os vaqueiros e suas laçadas sem sucesso, os integrantes segurando a garrafa de vinho e outros com o balde. Todos muito enfurecidos em uma dificultosa caçada não ensaiada.

Quando percebeu que D. Firmina havia entrado na folia, o Boi presumiu que ela teria curiosidade em saber quem se encontrava por debaixo daquela armação. Então, permitiu-se ser abatido finalmente.

Eles mantiveram contato após os festejos e, alegando paixão e amor à primeira vista, seu Zé, sem mais delongas, pediu-lhe em casamento.

D. Firmina juntou seus poucos pertences e foi morar na casa de taipa que pertencia aos pais de seu Zé, no bairro da Madre Deus, num pedaço de terra conseguido por doação.

Em suas rodas de prosa, costumava relembrar o momento em que a viu e, sempre logo após sua declaração "foi paixão e amor à primeira vista", D. Firmina balançava a cabeça, achando graça.

— Deixe de ser besta, homi! Ou é uma coisa ou é outra! — Ela ria, enquanto afagava sua cabeça.

Seu Zé era um excelente contador de histórias e se explicava como ninguém.

— Para o Boi, foi paixão à primeira vista, para mim, amor à primeira vista.

A outra paixão de seu Zé era a casa de taipa da família. Vista pelo lado externo, após feito o reboco, parecia que tinha sido construída de tijolos, porém, em seu interior, ela permanecia quase exatamente como antes.

Não era filho único. Seus pais, com a graça de São João, tiveram mais quatro filhos, todos homens. Dos cinco filhos, restaram três. Sendo que dois, após a morte dos pais, foram tentar a sorte no Estado de São Paulo e, com o passar do tempo, acabaram perdendo o contato entre eles.

Aquela casa, construída por seu pai, era o xodó de seu Zé, que fez questão de mantê-la quase exatamente como era, com seus móveis, seus enfeites, seus oratórios, suas imagens de santo espalhadas por todas as paredes, enfim, tudo que lembrasse seus pais.

Ela era especial e muito simples, além de guardar belíssimas recordações dos pais de seu Zé. Mesmo quando a vida não sorria para eles, ela recepcionou D. Firmina, com um abraço aconchegante que a fez se sentir em sua própria casa.

D. Firmina foi dando seu toque pessoal, mas sem tirar a identidade daquele lar, colocou mais graça e harmonia com novas cores, em combinações incríveis.

"E não é que ficou bonita?", dizia seu Zé, admirado com a sensibilidade artística dela.

As suas paredes externas pintadas na cor branca, suas janelas e portas na cor azul, que realçavam o charme e a elegância dentro de toda aquela simplicidade. Ambas as portas, a da entrada principal e a da cozinha, eram do tipo porta holandesa, com três tipos de abertura: somente a da parte superior, a da parte inferior ou de toda a porta.

No seu interior, as paredes, na cor do barro, contrastavam com as molduras improvisadas em madeiras de cores variadas e cada qual com imagem de um santo protetor. O primeiro oratório, feito por seu Zé, de madeira, na cor azul-rei, com algumas pinceladas de branco, podia ser visto pendurado no centro da parede, entre as entradas para dois cômodos distintos.

No primeiro dormitório, no canto à direita, redes de descanso ficavam penduradas em uma das bases de madeira que sustentavam a armação do telhado. Ainda nesse ambiente, duas redes de polietileno, retangulares, suspensas e presas por suas extremidades nas madeiras de sustentação do telhado, guardavam em suas tramas todos os teréns, permitindo um bom espaço para circular dentro do quarto.

A cozinha — o coração da casa. Nela, uma bancada de alvenaria vermelho-escuro já com manchas mais escuras da passagem do tempo, um modesto fogão à lenha, para a água do café matinal amargo que adoçava a alma enquanto os olhos apreciavam a paisagem do quintal com esquadrias de madeira de demolição, serenamente, da mesa retangular rústica, também de madeira, posicionada propositalmente ao lado da janela para que os feixes de luz esquentassem o piso e clareassem as bancadas desde o raiar do sol de toda a manhã.

Nas prateleiras, já arqueadas pelo tempo, o cominho em pó, o corante de urucum, as folhas de louro e de vinagreira, a pimenta de cheiro, o alho, o azeite de coco babaçu, entre outros temperos, disputavam o espaço entre os potes de mantimentos variados, as jarras, os pratos, algumas cuias, cabaças e canecas de ágata branquinhas como as nuvens no céu, encontravam-se penduradas por pequenos ganchos desnivelados, logo abaixo do último suporte.

Presas, em madeira retangular fixada na parede, colheres de pau, conchas e espumadeiras; o pilão, encostado na quina à direita para melhorar a circulação.

E, do lado de fora, um fogão à lenha, pois o calor maranhense já era o suficiente para esquentar aquela cozinha.

Tudo muito simples, de muito bom gosto, mas, quando seus olhos vagaram pelo ambiente, D. Firmina não se aguentou, caiu em prantos.

Alguns meses antes, seu Zé se assustou ao entrar na cozinha e vê-la encolhida no banco ao lado do pilão, e deixou a garrafa que segurava cair ao chão, quebrando-se em pequenos pedaços.

— Por favor, Deus! Permita que tenhamos essa criança! — rogou silenciosamente.

D. Firmina já havia tido dois abortos espontâneos. Apesar de aparentar boa saúde, não conseguia levar a gestação até o final. O médico, amigo da família, levantou duas hipóteses: falta de alimentação adequada ou, talvez, o excesso de trabalho braçal estivesse influenciando nas interrupções da gravidez.

Aproximando-se lentamente, com muito tato, perguntou-lhe o que havia acontecido.

— Zé, não quero sair dessa casa — disse, levantando-se e se pendurando em seu pescoço, num abraço apertado, desejando que ele ratificasse sua vontade. — Eu entendo que precisávamos aumentar a casa, porém, agora estou me sentindo culpada. Os seus amigos estão lá fora, comprometidos em terminar a casa antes da chegada da criança.

Aliviado em saber que não havia problemas com a gestação e feliz ao saber que ela não desejava fazer a mudança, apenas disse:

— Eu também não.

Pensando rápido, chegou a uma solução:

— Nós poderíamos usar a nova construção como barracão. Eu poderia colocar uma porta de abertura mais ampla para facilitar a entrada e a saída de grandes objetos. Você poderia ter um cantinho para seus bordados, onde poderia ensinar a arte do bordado a outras pessoas... Eu teria um espaço para fazer os instrumentos musicais e artesanatos... De qualquer forma, precisaríamos de um espaço para os ensaios.

— Mas sabemos que, no futuro, talvez, teremos que abrir mão dela ou modificá-la.

Seu Zé, acanhado, comunicou a mudança de planos aos amigos, que se comprometeram em ajudá-lo no que fosse preciso.

Madre Deus, São Luís (MA), 2014

Faltavam poucos dias para os ensaios. Cada bordado, cada detalhe decorativo feito por D. Firmina no couro do boi, por mais minucioso que fosse, era feito com toda a delicadeza, como se estivesse adornando a própria pele. A cada passagem de linha através dos canutilhos, ela ia acrescentando cores ao boi e à vida como um todo.

Ela já pressentia a chegada da aposentadoria do esposo, de longe precoce, pois a cada apresentação ele se lamentava sobre as muitas dores no corpo já envelhecido, cada vez menos resistente e, secretamente, bordava um novo couro para o boi. Ela já pressentia que o filho interpretaria a personagem no próximo festejo.

Pessoas distintas, couros distintos, bordados com significados diferentes, mas sem perder a identidade do grupo.

Um novo couro para uma nova história de vida cujo primeiro capítulo estava prestes a ser iniciado.

Edésio iniciaria mais um capítulo de sua trajetória de vida, tão jovem, mas já tinha muita história para contar. A começar por aquela que deu origem ao seu nome.

Ele era um rapaz alegre, divertido, prestativo e respeitador, dono de uma voz e sorriso cativantes.

Sem deixar de sonhar, mantinha seu sonho de concluir os estudos. Enquanto isso não acontecia, dividia seu tempo entre ajudar o pai na criação de instrumentos musicais artesanais e na produção de suas peças de cerâmicas. Um excelente ceramista.

E, desde pequeno, já trazia no coração a tradição da família: dar continuidade ao grupo de Bumba Meu Boi. Embora fosse um excelente cantador, ele não escondia seu desejo de interpretar o miolo, aquele que dá vida ao boi. Cresceu ouvindo *"No futuro, você será o miolo"*; futuro agora presente. Seu pai já estava ficando cansado com o peso daquela armação; uma carga de quase 15kg, e, mesmo sabendo que abafaria uma linda voz, ainda assim, estava disposto a cumprir o prometido.

O peso daquele compromisso não se resumia tão somente ao do boi, mas também, aos atos de brincar, de gingar, de interagir com todos os brincantes, bem como contagiar e animar a plateia faziam parte do todo. Em tudo havia o peso da responsabilidade.

Ele tinha sonhos de se profissionalizar em alguma coisa, mas queria que seu sustento viesse de algo de que gostasse muito. Entretanto, sabia que nem sempre fazer aquilo de que se gosta era garantia de ter pão na mesa e comida nas panelas.

Seu pai já tinha perdido a conta de quantas vezes o filho falava que a vida não era justa. E sempre o consolava dizendo: "Talvez a vida não fosse justa para ninguém."

O rapaz tinha talento. Desde pequeno, chamava a atenção dos mais velhos, que o apelidaram de "O pequeno trovador", que, àquela idade, já não cabia mais a ele, agora com quase 1,80m. Então, a denominação foi logo trocada para "O pequeno grande trovador", "Para não perder a essência", disseram sorrindo.

Edésio também possuía o dom da escrita e começou a compor ainda muito jovem sob os olhares atentos do pai.

Com o passar do tempo, já comporia sozinho a maioria das toadas do grupo, e as suas toadas de pique eram as melhores.

E quem é capaz de escrever toadas para boi, é capaz de criar toadas para qualquer tipo de boiada. Que digam os seus rabiscos escondidos no armário. Rimas com palavras simples, de quem não foi muito além nos estudos, não porque não quis, mas pelas circunstâncias da vida.

Eram versos de alguém que acreditava em amor verdadeiro, entretanto, deixava seu destino à própria sorte.

O ensaio é o encontro de todos os personagens. Os cantadores ensaiam as novas trovas, marcadores de passos e treinos de coreografias são feitos; e também é o momento para as provas dos novos figurinos. Nesses encontros, sempre com muita alegria, a interação e a participação de todos do grupo é muito importante, principalmente, quando mais próximo do batizado do boi estiver. E, nesse caso, os ensaios se intensificam. Edésio, em sua primeira participação, dando corpo ao boi, fazia questão de muita diversão nos dias dos ensaios das personagens principais.

— Finalmente serei o boi, a personagem mais importante do auto do Bumba Meu Boi — disse, num timbre de voz que despertou a atenção daqueles ao seu redor.

E foi com aquela afirmação que começou a peleja, no galpão, naquele último ensaio que antecederia a sua iniciação dando vida ao boi.

Para começar, ele quase ficou sem a própria língua ao afirmar que, sem o referido personagem na história, não existiria o auto do Bumba Meu Boi.

Indignada, a personagem Catirina, de pronto, levantou-se e, com as mãos na cintura, foi logo defendendo sua personagem.

— Pois fique você sabendo que o meu desejo poderia ter sido por qualquer outra coisa — disse, e logo em seguida, apresentou seus motivos contextualizando sua indignação diante da afirmação do Boi.

— Se não fosse pelo meu desejo de comer a língua do boi, você não existiria na história; afinal, a minha vontade poderia ter sido por uma galinha, um coelho ou qualquer outra coisa... até mesmo por um jacaré. Nunca se sabe que desejo uma grávida terá — concluiu.

— Opa, opa, opa! Alto lá, vocês dois! — disse o personagem Chico, logo em seguida. — Se eu não fosse peitudo, não teria colocado a minha vida em risco; não teria furtado e cortado a língua do boi preferido de meu patrão para atender aos desejos de minha mulher. *Égua*, que já estou empachado com esta história! Não vou mentir, mas eu tinha medo de que a criança nascesse morta ou com problemas sérios. Não se deve ignorar desejo de mulher grávida. A minha coragem não deveria ser levada em consideração?

Ainda tentando impor a importância de sua personagem, Pai Francisco acrescentou:

— E se eu não tivesse sido nem um tiquim peitudo? — perguntou Pai Francisco, tentando convencer que era o mais importante na história.

Todos gargalharam e a discussão logo recomeçou. Dessa vez, entrou na briga a personagem Amo, o dono da fazenda.

— É. Vocês se esquecem de algumas coisas. Eu sou o proprietário da fazenda. Tenho muitas cabeças de boi e, se tivesse sido qualquer outro boi que não o meu mais estimado, talvez eu não tivesse me importado. Sendo assim, não existiriam o

Boi, D. Catirina e nem Pai Francisco. Somente eu, o Amo, mesmo que no anonimato. E, talvez, Pai Francisco estaria preso por ter matado meu boi ou D. Catirina, viúva.

E, mais uma vez, todos gargalharam.

Àquela altura, a fila para cada um defender sua personagem foi ganhando força com o Pajé e os outros.

Apesar de não haver encenação sobre o surgimento daquela lenda, eles sempre faziam questão de travar essa peleja. Na verdade, era uma brincadeira que fazia parte dos ensaios e que trazia resultados muito positivos, pois todos davam o melhor de si nos festejos. Cada um puxava a brasa para sua sardinha, ou melhor, cada um demonstrava que, além da língua do boi, outras línguas eram tão importantes quanto. Os seus valores eram mostrados por meio das evoluções individuais durante as brincadeiras.

Edésio já escrevia as suas próprias trovas. Logo substituiria seu pai nas festas no largo da Capela de São Pedro, no bairro da Madre Deus, onde os grupos de Bumba Meu Boi costumavam se reunir para pedir bênçãos e para agradecer ao santo padroeiro dos pescadores.

E, na véspera de São João, aconteceria o batizado. O momento em que é revelado o novo couro do boi, desvendando o mistério em torno do motivo do bordado. E, finalmente, o tão sonhado dia havia chegado.

Enfim, chegou o dia do batismo do boi, o tão sonhado dia; o ano da estreia de Edésio, quando daria vida ao personagem mais importante do auto do Bumba Meu Boi, de acordo com seu ponto de vista.

Em contrapartida, sem se dar conta, a partir daquele momento, ele entraria no anonimato. Passaria a ser a pessoa invisível por debaixo daquele boi imponente.

Seu Zé pediu a São João que seu filho, ao assumir aquela responsabilidade, fosse tão feliz quanto ele foi e que aquele boi, agora sob nova responsabilidade, continuasse proporcionando alegria para todos.

"E se não fosse pedir muito, São João, quem sabe o senhor não o ajuda a encontrar o amor de sua vida... Eu tenho pressa por netos. Amém!".

Já com todas as bênçãos do padroeiro da festa, seu Zé puxou uma toada de sua autoria. Ao final, apresentou a todos o novo miolo do grupo "Eita, Boi Arretado!".

E, assim, o segundo ciclo da festa deu-se por iniciado.

Abraçado por seu pai, Edésio não conseguiu conter a emoção.

— Bora, bora! Sua mãe nos aguarda para o almoço.

―――⋙∘⊙⊙⊙⊙⊙∘⋘―――

D. Firmina aguardava por eles e já tinha tudo preparado para a comemoração que seria feita no espaço improvisado ao lado da casa. Seria um dia muito especial e não poupou esforços para fazê-lo do seu jeito.

Tudo muito bem decorado, colorido, harmonioso, do jeito que ela achava como a vida deveria ser. Caso ela tivesse ido ao batizado, não teria tido tempo suficiente para preparar e organizar o almoço jantarado do jeito que ela tinha em mente.

Na mesa de madeira, cor azul-rei, pintada por D. Firmina, bem como quase tudo dentro daquela casa havia sido, foram postos alguns dos pratos típicos, os preferidos de seu esposo e filho.

Edésio, ao destampar a primeira panela, não se conteve.

— *ÉÉÉÉÉÉÉgua*, mãe! Meu prato favorito.

— Imagine, meu filho, se eu deixaria passar em branco essa data! O arroz de cuxá com peixe frito e ensopado. Do jeito que você gosta.

D. Firmina havia aprendido a fazer esse arroz ainda menina, no tempo em que sua mãe trabalhava como doméstica.

Enquanto mostrava as comidas favoritas do filho, percebeu o olhar enciumado de seu Zé.

— Pucardiquê tá enciumado, homi? Oxente! Ele é o novo miolo agora. — E, ainda achando graça da inquietude do marido: — Calma, homi! Fiz o seu também. O prato do velho miolo — disse, sem conter o riso.

Seu Zé, agora com um largo sorriso no rosto, mais que depressa destampou todas as outras panelas de barro. Não havia uma única panela naquela casa que não tivesse sido feita por Edésio, que ficou muito conhecido por seus artesanatos em argila.

E somente no destampar da última é que ele encontrou a peixada maranhense, mas, ainda não satisfeito, voltou a olhar para D. Firmina com um ar de interrogação.

— Fiz também, homi!

O doce de espécie era uma de suas sobremesas preferidas. Ele dizia que aquele doce, por alguns momentos, devolvia a ele as boas recordações da infância, além de ser muito saboroso.

Aquele dia de celebração foi memorável. O cruzamento de vozes, cada uma se sobrepondo à outra, e eles estavam tão eufóricos que sequer davam tempo de o outro concluir sua fala.

Edésio acordou eufórico, afinal, seria o dia de sua estreia interpretando o boi.

Não seria surpresa para ninguém que ele, a qualquer momento, substituiria o pai. Afinal, desde pequeno já demonstrava amor por aquela personagem.

Preocupou-se com o que as pessoas diriam, pois muitas achavam que seu Zé ainda tinha muita vitalidade e ainda não seria a hora de parar.

— Meu filho, não se preocupe! Essa tradição, geralmente, é passada de pai para filho — disse, tentando tranquilizar o rapaz.

O brilho nos olhos do filho podia ser percebido por todos. E quando D. Firmina mostrava o resultado final de seu bordado, seu Zé tinha certeza de que o legado deixado por seu pai seria continuado.

Já eram quase cinco e quarenta da tarde quando o último integrante do grupo chegou ao barracão. Os componentes precisaram entrar às pressas no ônibus fretado, enquanto as indumentárias mais delicadas e o boi seguiriam no caminhão baú. Os participantes teriam que ser rápidos, pois o Eita, Boi Arretado! seria o primeiro e único grupo de sotaque de matraca a se apresentar no arraial do IPEM (Instituto da Previdência do Estado do Maranhão) cujo arraial é realizado nesse espaço que é o centro social dos servidores dessa instituição.

Antes de deixar a casa, Edésio parou em frente a um dos oratórios da sala onde havia uma miniatura do Santo São José de Ribamar e fez uma oração silenciosa.

As ruas da cidade estavam lindamente preparadas para os festejos. Presas na parte de cima dos sobrados, as fileiras de bandeirinhas coloridas contrastavam com o céu claro.

Alguns sobrados, com suas portas e janelas de cores vibrantes, as paredes exteriores pintadas de cores alegres e intensas ou as fachadas de azulejos ou até mesmo em sua cor original, davam o toque final naquela decoração.

À noite, os brincantes eram agraciados com a escuridão daquele céu que servia como um pano de fundo para as bandeirinhas coloridas destacadas pela iluminação pública.

Se a expectativa das novas toadas, dos bordados do couro do boi causavam nas pessoas que acompanhavam as brincadeiras de perto um misto de emoções difíceis de serem descritas, imagine para uma jovem que somente podia observar da sacada de um sobrado a passagem do público em direção aos arraiais.

Ana, adolescente, possuidora de uma beleza muito intrigante, oriunda da mistura de várias raças — branca, negra e indígena —, tinha cabelos castanho-escuros que, quando soltos, os fios ondulados emolduravam seu rosto, dando-lhe graça e harmonia. Seu corpo era magro, porém, com curvas definidas sem excessos, e seus olhos cor de avelã transmitiam uma pureza angelical, fazendo com que seus pais, Francisco e Maria, a mantivessem cercada de muita proteção.

Era uma moça muito inteligente e com muitos sonhos. Ora dizia querer ser professora, ora dizia querer ser enfermeira; qual fosse a sua escolha, seria motivo de muito orgulho para seus pais.

Enquanto esse futuro ainda não chegava, a indecisão do que ser quando crescer era posta de lado, porém, de uma coisa ela tinha certeza: "adorava de paixão", como costumava dizer, os festejos do Bumba Meu Boi, mesmo que seu pai jamais a tivesse permitido se misturar naquela multidão e muito menos fazer parte de algum grupo específico.

Ela costumava dizer que uma das coisas que mais amava na festa do boi era o colorido. Do alto daquela sacada, podia ter uma noção ao ver, de vez em quando, a passagem de um e outro brincante. Dizia que as cores tornavam a vida mais bela. Além disso, admirava a lenda sobre a morte e a ressurreição do boi e ficava fascinada por todas as fases do festejo, sendo que a mais triste era a última, quando acontecia a morte, o fim da celebração do folguedo daquele ano.

Quem a ouvia falar sobre o assunto pensava que ela era uma participante ativa, entretanto, tudo que sabia vinha do conteúdo de alguns livros, por meio da oralidade dos professores e da observação da sacada do sobrado onde morava.

Moça de voz doce, meiga, atenciosa e alegre, tinha facilidade em fazer amizades. Tinha de fato muitas amigas, porém, poucas frequentavam sua casa e, dessas poucas, somente duas eram consideradas como irmãs.

Amigos homens? Nem pensar! Seu pai era controlador e rígido e exigia da esposa uma vigilância constante.

Ana não se mostrava uma adolescente rebelde. Sempre acatava as decisões dos pais, para quem ela ainda era uma criança. Mas eles somente se deram conta de que ela havia crescido quando começaram a ser indagados. No início, as perguntas foram sobre a idade que sua mãe tinha quando se casou com seu pai, como eles se conheceram, por quanto tempo namoraram, entre outras curiosidades.

Seu pai, por sua vez, logo deixava bem claro:

— Aqueles eram outros tempos, minha filha — respondeu, terminando a conversa que mal havia começado.

Para sua mãe, Maria, a felicidade da filha era a coisa mais importante. Não freava seus desejos e suas vontades, afinal, as pessoas eram diferentes; porém, em seu íntimo, desejava que Ana estudasse. Assim, conquistaria a liberdade; a liberdade de fazer suas próprias escolhas no futuro. E caso tivesse que interromper seus estudos para casar-se, que essa decisão viesse do coração e não por nenhum tipo de imposição nem necessidade.

O sobrado onde morava a família de Ana se localizava numa rua muito privilegiada e bem próxima do Centro Histórico.

Na maioria das vezes, não se contentava com o pouco que observava lá de cima. Ela desejava pertencer a toda aquela festividade; queria poder se misturar com toda aquela gente, brincar, dançar, cantar; queria poder conquistar seu espaço, sentir a liberdade e fazer parte de todo aquele colorido. Porém, seu pai não lhe permitia participar.

— As minhas amigas brincam. Todo mundo brinca, menos eu, pai! — dizia, praticamente implorando, e seu pai, relutante, mantinha a proibição. Dizia que ela não era igual a todo mundo. Sua desaprovação em não deixar a filha participar dos festejos tornavam-na uma pessoa diferente dentro da comunidade onde vivia.

Isolar a filha do contato com as manifestações populares, em um lugar cuja tradição se mostrava mais viva que muita gente, era como uma utopia.

Restava à Ana apenas observar da sacada as passagens solitárias de alguns brincantes integrantes dos grupos que participavam daquela festa popular, brincada por todos, menos por ela, que não conseguia entender a proibição do pai, de descendência portuguesa, até onde ele sabia.

Francisco raramente falava sobre seu passado, mas, de vez em quando, deixava escapar uma e outra história. Na verdade, ele nem fazia mais questão de se lembrar.

— Histórias passadas têm de ser deixadas no tempo em que foram vividas. Trazer o passado ao presente, grandes chances de problemas futuros — costumava dizer.

Houve um dia, durante a conversa no jantar, quando "casarões antigos" foram o assunto, em que não se deu conta e sem saber o porquê, deixou escapar uma informação de um passado tão distante.

— Meu pai sempre falava sobre um casarão, não muito grande, porém, o seu tamanho era, talvez, três vezes maior que este sobrado. Ficava aqui em São Luís também.

Ana, que sempre teve curiosidade em saber sobre o passado do pai, tomada de surpresa, posicionou os talheres ao lado do prato e fez silêncio para dar-lhe toda atenção.

— Os azulejos da parede daquele casarão eram originais de Portugal e os meus antepassados, nos tempos áureos, cultivavam algodão; eram pessoas muito ricas e prósperas. Tinham uma vida de muita riqueza e prosperidade — foi tudo o que Francisco deixou escapar de um passado que queria esquecer.

Antes mesmo que Ana fizesse alguma pergunta, deu prosseguimento àquela parte da história:

— O meu avô não teve a oportunidade de estudar no exterior, como alguns de seus amigos que foram para Portugal. O meu pai sequer teve a sorte que a sua tia e eu tivemos. Ela, após a sua formação, optou por morar em São Paulo, casou-se com um colega de turma e, quanto a mim, escolhi estudar no Rio de Janeiro, na Faculdade Nacional de Direito da UFRJ, que ficava no Palácio do Conde dos Arcos. E somente conseguimos graças à família por parte de nossa mãe, que ainda tinha algumas posses, porém, não por muito tempo — concluiu Francisco.

Quando as dificuldades chegaram, seu Antônio foi obrigado a ajudar o pai, que era extremamente severo com seus empregados e, de vez em quando, não poupava nem o filho.

Sr. Queiroz faleceu pouco tempo depois do casamento de Bertolina com seu filho. Com a venda do casarão, seu Antônio conseguiu pagar as dívidas, restando-lhe apenas o sobrado na cidade de São Luís.

Francisco cresceu ouvindo seu pai falar sobre a necessidade do estudo.

— Meu filho, somente o estudo pode mudar o curso de nossas histórias.

E assim ele fez. Estudou, formou-se em Direito, porém, Francisco não era uma pessoa humilde. Ele tinha certa arrogância, um ar de superioridade, como se fosse aristocrata. Aquele seu jeito de ser talvez fosse uma maneira de se proteger de um passado não muito elegante.

Indubitavelmente, era um homem muito trabalhador. Esforçava-se para dar conforto e segurança à família, pois não media esforços para que a filha tivesse uma boa formação. Feito todo pai, gostaria de vê-la muito bem casada.

No mês de junho, as festas populares, as quadrilhas, as danças e a festa do boi — o Bumba Meu Boi, com todos os seus adornos, os mais coloridos possíveis — eram um período que costumava tirar o sossego de Francisco, que já não encontrava argumentos sustentáveis para proibir a participação da filha naqueles folguedos populares. Enquanto isso, sua esposa, simpatizante das celebrações, achava que a tradição tinha que ser passada para as futuras gerações, mas, para não criar conflito em casa, anulava seu desejo de um dia voltar a participar.

Quando interrogado sobre o porquê de não gostar daquela celebração, Francisco dizia como desculpas que não gostava de aglomerações. Ele fazia movimentos com a cabeça, em sinal de reprovação, ao ver a euforia da filha e da esposa durante aqueles festejos. Intimamente, perguntava-se o que diriam seu pai e seu avô, se fossem vivos, caso ele permitisse que participassem daquelas festas populares.

—◦◦◦◎◎◎◦◦◦—

— Vixe, Maria, Mãe de Deus! Eu vou para o inferno! — disse, fazendo o sinal da cruz, ao mesmo tempo em que pedia perdão pelos maus pensamentos que lhe ocorreram.

A viagem que seu pai faria a São Paulo veio como uma oportunidade de ouro. Não haveria outra chance para ela fazer o que tinha em mente.

D. Antônia havia adoecido, porém, nada que a colocaria em risco de morte, mas Francisco, muito preocupado com o estado de saúde da irmã, decidiu fazer-lhe uma visita. Afinal, fazia muito tempo que eles não se viam.

Aquela viagem o manteria afastado de casa por uma semana pelo menos.

Francisco era oito anos mais novo que a irmã, Antônia, que quando criança, acreditava ter recebido aquele nome em homenagem ao pai, seu Antônio.

— Bertolina, eu estou radiante pela escolha do nome. Muito obrigado, querida! — disse Antônio à esposa, enquanto caminhava em sua direção para dar-lhe um abraço afetuoso, porém, recuou após a reação dela.

De origem portuguesa, Bertolina, diariamente, era sempre vista com seu xale preto, de bordado português, lembrança de sua avó e, nas mãos, seu inseparável terço, uma imagem que contradizia sua conduta.

Após ouvir as palavras do marido, engasgou de tanto gargalhar.

— E por que eu colocaria um nome para te agradar? — perguntou-lhe. — Foi apenas uma coincidência. A minha avó se chamava Antônia, por isso a escolha — disse, ainda com dificuldades para falar.

Estavam ficando cada vez mais insuportáveis as humilhações sofridas, tudo por causa da perda do poder aquisitivo, o que tornava aquela convivência muito difícil. Não havia um único dia em que ele não se obrigasse a tomar uma decisão, porém, mudava de ideia ao olhar para a filha.

Antônia era uma criança muito meiga. Adorava estar ao lado do pai, mas sua mãe sempre dava um jeito de afastá-los. Antônio sofria por não conseguir mudar aquela situação. As dificuldades financeiras iam de mal a pior e, não conseguindo mais ajudar no sustento do lar, acabou sendo sustentado e hostilizado pela esposa e pelo arrogante Sr. Avelino, seu sogro.

De seu pai, Antônia recebia todas as atenções, mas de sua mãe, apenas as cobranças. Sempre muito exigente, não proporcionava à filha o que ela mais queria: carinho.

Aos sete anos, sem saber o porquê, de uma maneira que a marcou dolorosamente, foi enviada a um colégio interno em São Paulo — Internato Nossa Senhora Auxiliadora, no bairro Ipiranga, onde teria uma excelente educação, assim alegaram à época.

Ela se lembrava, com muita clareza, das constantes brigas dos pais e, por várias vezes, ouviu as ameaças dele de deixar a casa. Chegou a pensar que ele havia autorizado sua ida para São Paulo, assim, não sofreria muito ao vê-lo partir.

O fato de Bertolina ter duas irmãs que moravam em São Paulo, uma delas no mesmo bairro daquele internato e que poderiam auxiliar a sobrinha em qualquer imprevisto ou emergência, impactou na escolha daquela cidade.

Antônia foi levada por sua mãe, que aproveitou para rever as irmãs. Depois, não voltou para visitar a filha, nem mesmo seu pai, fato que refletiu em seu desempenho escolar nos dois primeiros anos.

Nem as notícias de que ela teria um irmãozinho e que seus pais ainda continuavam juntos contribuíram para diminuir-lhe a tristeza; muito pelo contrário, a ideia de não poder brincar com o irmão e por não acompanhar seu crescimento de perto, por estar separada da família, a deixou ainda mais deprimida. Ela acreditava que eles seriam dois estranhos no futuro.

As cartas que seus pais lhe enviavam eram encaminhadas por intermédio de uma de suas tias, cujas visitas à sobrinha não eram tão frequentes. Demorava tanto que as cartas, de vez em quando, chegavam a acumular. Talvez suas tias, sem ter as respostas para os questionamentos da sobrinha, não a visitavam com frequência.

Antônia acabou acreditando que a chegada do irmão, o tão esperado herdeiro, o predileto de seus pais, talvez tivesse sido o motivo pelo qual eles não deram ouvidos às preocupações das tias.

Àquela altura, ela procurava respostas para suas próprias perguntas. Com o tempo, foi consolidando seu pensamento diante daquela situação e foi quando não se permitiu mais chorar de saudades.

No fundo, a decisão tomada por Bertolina não foi entendida nem mesmo por suas irmãs, que acompanharam todo o drama da sobrinha.

Aos quatorze anos, ela retornou ao seio familiar. A diferença de idade entre ela e Francisco era de oito anos, e o distanciamento entre eles não permitiu que tivessem um rápido entrosamento entre irmãos.

No íntimo, eles compartilhavam do mesmo sentimento em relação à casa em que moravam. Não gostavam, pois nunca encontraram nela o "lar", o coração da família. Os irmãos nunca presenciaram uma troca de afeto entre os pais, troca de palavras carinhosas, não havia companheirismo e, na maioria das vezes, estavam sempre brigados.

Ao completar 16 anos, sem pedir o consentimento dos pais, Antônia voltou para São Paulo; foi morar na casa da tia com a qual tinha mais afinidade e que mais a ajudou em sua adaptação fora de casa. Deu início aos seus estudos universitários, formando-se em Direito. Logo em seguida, casou-se com um colega de turma, e o casal acabou optando por residir naquela cidade. Tiveram duas filhas: Joana e Amália.

Na fase adulta, Antônia e Francisco acabaram se tornando grandes amigos. Concordaram que as visitas seriam anuais, porém, no corre-corre da vida, deixaram de se ver por dois anos. Por esse motivo, ele se apressou em fazer-lhe uma visita.

———•∘◦◯◉◯◦∘•———

A ausência do pai, por duas semanas, seria a oportunidade que Ana tanto desejava para participar dos festejos. Finalmente faria parte daquele encontro de cores e brilhos.

Seu pai havia deixado várias recomendações para sua mãe, sendo a principal e mais importante de todas: zelar pela segurança da filha.

Receoso:

— Em caso de emergência, procure meu amigo Joaquim — disse à esposa, entregando-lhe um papel com um endereço.

Ana, muito ingênua, ao se despedir de seu pai não conseguiu disfarçar sua inquietação. Parecia uma criança ansiosa por abrir um presente: a maravilhosa benesse — "a liberdade". Mas Francisco, já presumindo o motivo daquela euforia, fez um sinal de atenção para a esposa. Afinal, naquela semana, começariam os festejos de São João — o início daquela festa popular.

Francisco, a alguns metros de distância, poderia jurar que ouviu um grito de euforia vindo da direção de sua residência. Depositara toda a confiança em Maria para manter a ordem da casa, procurou não se preocupar e seguiu viagem.

Ana ia até a sacada e voltava dela repetidas vezes para ter certeza de que seu pai realmente havia partido e do quão longe ele já se encontrava, apenas para confirmar que ele não havia mudado de planos.

"Será que ele mudou de ideia? Será que ele percebeu a minha alegria?", perguntava-se, tentando se convencer de que conseguira disfarçar a euforia.

Com mil planos na cabeça, torcia para que uma de suas amigas passasse em sua casa para visitá-la, algo que seria impossível, pois todas sabiam que os seus pais não a deixavam sair, principalmente nos dias dos festejos juninos. "Se pelo menos elas tivessem telefone...", lamentava-se.

Maria, sabendo que tinha uma grande responsabilidade pela frente, guardou o endereço anotado pelo marido em um lugar seguro e redobrou os cuidados.

— Não adianta! Não cederei às suas pressões! — antecipando-se, disse à filha, ao ver o brilho da esperança em seus olhos.

Ignorando o recado, azucrinou a cabeça de sua mãe, tentando convencê-la a sair.

— Somente um pouquinho, mãezinha! — suplicou, insistindo cada vez mais para que saíssem, assim, juntas, veriam de perto os festejos. Alegou, também, a necessidade de interação com as pessoas. Ela sabia que seus argumentos eram verdadeiros, pois tinha certeza de que a mãe também tinha simpatia pelas tradições juninas.

Com muita firmeza, Maria cumpria à risca as recomendações de Francisco.

Já havia-se passado um pouco mais de uma semana e Ana não conseguia êxito em suas insistências. Triste e desolada, restou-lhe, apenas, o observar da sacada do sobrado as poucas passagens de brincantes. E, lá do alto, sentia inveja das pessoas que andavam em direção aos arraiais e praças de apresentações, com seus chapéus coloridos, chegando bem próximas de um ou outro boi que seguiam solitariamente.

Até aquele dado momento, após alguns dias se esquivando das pressões da filha, Maria achava que ela já teria desistido, afinal, as perguntas de Ana passaram a ser sobre as curiosidades da família.

— Por que o meu nome é um só? — perguntou à mãe.

— Como assim?

— O meu pai tem dois nomes, nome composto. Por que ele tem e eu não? A senhora também não tem.

— Ora, pergunte para ele quando voltar! — respondeu.

Maria, achando que a jovem já se encontrava conformada com a situação, em um momento de distração, após a visita de uma vizinha, não percebeu que havia deixado a chave da porta em cima da mesa de centro no piso superior.

Ana já tinha desistido de espiar os festejos; somente saía de seu quarto para fazer as refeições. Porém, naquele dia, as batidas de muitas matracas aguçaram sua curiosidade. E foi no trajeto de seu quarto para a sacada que ela se deu conta da chave da porta, esquecida ao lado do bastidor, com o novo bordado que sua mãe fazia.

Com a respiração ofegante e sem querer chamar atenção, controlou-se para não sair correndo de imediato, embora seu coração ordenasse "CORRE!".

Pegou as chaves e, em direção à porta, pé ante pé caminhou sobre o piso de tábuas de madeira corrida, desceu com todo o cuidado os degraus e, quando estava quase alcançando a porta, pensou ter ouvido sua mãe chamá-la. Cautelosamente, parou por alguns segundos, voltou a caminhar com leveza e destrancou a porta sem fazer muito barulho. Ana achou melhor aguardar novos segundos antes de retornar ao piso superior para recolocar a chave no mesmo lugar e somente o fez após ter certeza de que sua mãe não havia percebido sua movimentação.

Ela não saberia explicar como conseguiu ter sangue frio para executar um plano não elaborado. Em nenhum momento, após fechar a porta cuidadosamente, sentiu medo ou arrependimento por ter saído escondida da casa.

Seu coração batia descompassadamente. Parecia querer saltar para fora do peito enquanto seguia algumas pessoas que iam em direção ao Arraial da Praça Nauro Machado. O grupo Eita, Boi Arretado! tinha acabado de fazer sua apresentação e os seus integrantes já estavam do lado de fora, aguardando pela chegada do ônibus e do caminhão que os levariam aos próximos arraiais: Arraial da Praça Maria Aragão, Arraial do Ceprama e Arraial do Largo do Caroçudo.

Olhou para sua roupa e se lamentou por não ter tido tempo para se vestir melhor. Estava com um vestido simples, mas bastante colorido, por sinal. Se pudesse, teria colocado seu melhor vestido de festa. Confortou-se dizendo para si mesma que nada seria mais importante que "aquele momento".

Ao ver aquela explosão de cores, Ana ria como uma criança ingênua que acabara de fazer arte. Por fim, acabou por se misturar entre os brincantes daquele grupo.

Olhava tudo, tocava em tudo como se fosse a primeira vez, o que era verdade de fato. Mas quem precisava saber?

Ficou fascinada pelas indumentárias, pelo colorido das fitas nos chapéus, pelos tecidos com combinações bem diversificadas, pelos sorrisos, pela alegria... Alguns ainda batiam nos pandeirões. Misturou-se entre eles. Brincava ora com um, ora com outro, tocava em seus figurinos para sentir a textura dos tecidos e de todos aqueles pequenos objetos decorativos que davam brilho e vida. Fazia tudo muito rápido. Era como se estivesse correndo contra o tempo, o que era verdade... Até deparar-se com o boi, que, ao vê-la, interrompeu seu gingado descontraído e ficou parado de frente para a jovem tal qual um cordeiro. Enquanto ela encarava aquela figura, sentiu seu corpo estremecer, suas pernas fraquejaram e acabou ficando hipnotizada diante daquela criatura. Para ela, seria difícil descrever a combinação de sensações que sentiu naquele momento.

Com suavidade, acariciou aquele couro lindamente trabalhado ao mesmo tempo em que arrodeava o "animal", apreciando cada detalhe do bordado até que, finalmente, voltou a ficar de frente para ele. Absorta, não percebeu o olhar curioso do rapaz que, para não a assustar, manteve-se imóvel, achando graça em sua curiosidade, escondido por debaixo do tecido colorido, olhando-a por uma ínfima fresta.

E foi nesse exato momento que Edésio, escondido por debaixo da figura daquela personagem, deu-se conta de que, além do peso daquele boi, carregaria um outro: o peso do anonimato.

"Será esse o preço que terei que pagar para ser o miolo?", deveras, já se sentindo arrependido, perguntou-se.

O rapaz ficou totalmente parado procurando entender a aceleração de seu coração e o frio na barriga e foi quando se desesperou ao presenciar o rolar das lágrimas pelo rosto da jovem. Assim que ela se deu conta do tempo, desesperada, saiu às pressas para retornar para casa, pedindo a Deus que sua mãe ainda não tivesse dado por sua falta. O que seria pouco improvável.

Não querendo perdê-la de vista, Edésio sai debaixo do boi, deixando-o no chão, e corre atrás dela. Tudo aconteceu tão rápido que ninguém percebeu. Enquanto isso, seu Zé, muito feliz, brincava em sua burrinha.

Quando Ana conseguiu chegar perto de sua residência, viu seu pai e sua mãe muito nervosos em frente à porta.

Edésio observou a tudo, parado a alguns metros de distância.

A jovem, cabisbaixa, vagarosamente caminhou em direção à casa e, quando se aproximou, seus pais abriram-lhe passagem para que entrasse. Passou por eles sem os encarar e correu direto para seu quarto. Ela estava aterrorizada pelo o que viria pela frente, porém, ainda maravilhada por aquela experiência. Sem expectativa de dormir tão cedo, tristemente ouviu a briga de seus pais. Francisco acusava a esposa por ter sido negligente e descuidada.

Com o clima tenso, sem coragem, não desceu para o jantar, preferindo ficar deitada com os olhos fechados, tentando lembrar de cada detalhe de tudo que havia visto, e pediu a Deus para que não a deixasse esquecer jamais. Talvez não tivesse uma outra oportunidade.

— Amanhã será outro dia. Foi a última coisa que disse antes de adormecer.

Quase perto de meia-noite, Maria, preocupada com a filha que já dormira, numa pequena travessa deixou um copo com leite e alguns biscoitos na cômoda ao lado de sua cama, caso ela acordasse com fome durante a madrugada, mas permaneceram intocados até a manhã seguinte.

Maria, desde pequena, sempre foi obediente e submissa, por questões religiosas e culturais, e zelava por um lar harmonioso, evitando brigas desnecessárias.

Ela fazia questão de enaltecer sua descendência negra e indígena; tinha uma beleza ímpar, embora não se achasse bonita. E, às vezes, achava graça quando diziam que ela, quando jovem, devia ter arrebatado muitos corações. Porém, em muitas outras situações, esboçava um sorriso triste que poucos percebiam.

Embora fosse inteligente, terminou apenas o primário. As dificuldades enfrentadas na infância impediram-na de concluir os estudos, o que teria sido um grande feito, levando em conta sua origem.

Desde muito cedo, ela e sua irmã, Rosa, ajudavam a mãe, D. Amanda, com as tarefas na casa onde trabalhava como doméstica e, ainda muito novas, as meninas aprenderam diversas atividades que poderiam dar-lhes uma rentabilidade no futuro, sendo o bordado uma delas. Maria tinha paixão por bordar. Já tinha bordado o enxoval para muitas mulheres.

— Um dia você bordará o seu próprio enxoval — disse Rosa, tentando confortá-la ao ver o rosto triste da irmã.

Apaixonadas pelas festas populares, quando crianças, não perdiam um único festejo de São João e, encantadas pelo brilho, pelo colorido, pela alegria, saíam às ruas para brincar. Agora, adulta, Maria era apenas mera espectadora na sacada de um sobrado, mas ainda assim guardava na memória a última festa em que se divertiu em companhia da irmã.

Após aquela discussão, relembrou o passado e já não tinha certeza de que tinha feito a escolha correta.

"E se...?", perguntava-se. Eram indagações que, naquele momento, não passavam de pressupostos.

Maria conheceu Francisco quando ela e sua irmã Rosa passaram a ajudar a mãe nos trabalhos domésticos na casa de seus pais, Sr. Antônio e D. Bertolina.

Quando conheceu as irmãs, Francisco já era adolescente. Ele tinha nascido no mesmo ano que Rosa e a diferença de idade entre eles e Maria era de quatro anos.

Costumavam brincar juntos sempre que as irmãs tinham uma folga entre um afazer e outro.

Maria e Francisco não se casaram por amor, mas, sim, por interesses mútuos, afinal, não seriam dois estranhos se unindo. Já se conheciam desde crianças. "O amor surgirá com o passar do tempo. Ele haverá de surgir, com certeza. Será?", indagava-se quando começava a achar impossível aquela perspectiva.

Francisco, após o casamento, em concordância com a irmã, vendeu o casarão e foi morar com Maria no antigo sobrado da família, próximo ao Centro Histórico, o único imóvel herdado do pai; habitação cuja parede exterior era toda em azulejos portugueses nas cores azul e branco, com suas portas e janelas de madeira na cor azul-rei. No piso superior, sacadas com portas duplas, dando acesso às singelas sacadas de onde era possível ver toda a movimentação na rua, estando em pé ou sentado.

O sobrado, um dos mais bonitos daquela área, ficava localizado numa rua muito privilegiada onde, em dias comuns, passavam pouquíssimos pedestres, porém, nos dias de folguedos, apresentava bastante movimentação, principalmente do público que percorria aquelas ruas em direção aos diversos arraiais no Centro Histórico de São Luís. Era uma época que tirava a paz de Francisco.

Edésio voltou ao encontro do grupo assim que Ana entrou em sua casa. Mesmo estando de longe, foi possível perceber a raiva e a irritação no rosto do pai da jovem, enquanto sua mãe apresentava um semblante de alívio e felicidade.

Somente seu pai se encontrava lá, parado, exatamente onde Edésio havia largado o boi. Seu Zé o procurava, olhando em todas as direções. Ao ver o filho se aproximando, nem reparou em seu semblante.

— O que houve? Criou minhoca no quengo? — foi a única coisa que disse.

O rapaz não via a hora de retornar à casa para colocar seus pensamentos em ordem. Quem quer que tivesse visto qualquer coisa, e que perguntasse a ele sobre o ocorrido, não conseguiria descrever o que havia acontecido. Edésio precisava controlar a ansiedade e manter a concentração, mas o rosto da jovem não saía de sua mente.

O grupo ainda seguiria para os arraiais da Praça Maria Aragão, do Largo do Caroçudo e do Ceprama. Esses dois últimos, localizados no mesmo bairro do barracão do grupo.

Faltava pouco para que todos, enfim, degustassem o melhor da culinária maranhense nos festejos de São João. Edésio havia deixado um intervalo de duas horas antes de partirem para as apresentações mais próximas da casa.

Como de costume, o Arraial de Maria Aragão estava deslumbrantemente colorido. As barraquinhas de comidas típicas, cuja degustação era mais que um convite, eram uma obrigação. O melhor da culinária maranhense. Ninguém ousaria não desfrutar aquela gastronomia digna de São João.

Cada barraca com suas decorações primorosas, as mesas, forradas com tecidos floridos, tudo era uma explosão de cores que davam vida, graça e harmonia a todo aquele festejo. E as comidas... ÉÉÉÉÉgua!, como diziam, impossível resistir a elas. Come-se com a boca, com os olhos, com as mãos e aquela sensação de água na boca provocada pelos aromas daquelas comidas típicas.

Começando pelos salgados: arroz de cuxá, vatapá, arroz Maria Isabel, tortas de camarão e de caranguejo, patinha de caranguejo, camarão empanado e na moranga e terminando nos doces para adoçar a vida. Pipocas doces dentro de cones feitos de papel colorido, cuidadosamente colocados dentro da cuia de um chapéu de palha; doce de leite, pé de moleque, paçoca e cocadas, mingau de tapioca, juçara, milho, bolo de mandioca, bolo de milho, bolo de fubá. Caminhando mais adiante, pamonha, cuscuz, canjica, maçã do amor...

— Vixe, Maria! — dizia seu Zé, que não dispensava um quentão, mas começou a degustação pelos camarões empanados. Edésio tomava guaraná Jesus enquanto se deliciava com arroz de cuxá.

Alegando estar cansado demais para conversar, o rapaz conseguiu se esquivar de todas as perguntas curiosas.

Ana assustou-se com o horário. Nunca tinha acordado tão tarde para fazer o dejejum. Na verdade, já era quase a hora do almoço, mas ainda assim decidiu descer, pois estava faminta. O lanche deixado por sua mãe já havia sido retirado.

De repente, quando estava para deixar o quarto, entrou em pânico; rapidamente, voltou a fechar a porta que mal havia sido aberta.

"E se meu pai estiver na cozinha? Qual será o castigo que ele vai me dar?" Perdida dentro de tantos pensamentos, quis desistir de descer, mas seu estômago roncava pela falta de comida. "Ele vai me proibir de sair com minha mãe." "E se ele proibir a visita de minhas amigas, também? Tenho tantas coisas para conversar com elas..."

Ao cruzar a sala, ela o viu sentado, lendo o jornal em sua poltrona favorita. "Ele não me verá passar", disse, aliviada.

Faltava pouco para chegar à cozinha quando sentiu o corpo gelar ao ouvir seu nome ser chamado. Ela sabia que a qualquer momento seria repreendida severamente. Antecipando-se, assumiu a culpa e revelou todos os detalhes da fuga. Ao fazer isso, embora não estivesse de todo arrependida, demonstrou que reprovava aquela atitude ao ver o desentendimento entre os pais.

Por ter sido sincera, Francisco não a repreendeu com raiva, entretanto, ponderou sua atitude e usou um tom mais ameno, porém, com seriedade.

Procurou entender a atitude da filha, seus sonhos e seus desejos. Afinal, ele também já os teve quando jovem.

Prometeu a ela que, no ano seguinte, todos iriam apreciar a festa juntos, não da sacada, mas nos arraiais de apresentação.

— Ano que vem está muito longe. A gente nunca sai junto para nenhum lugar — insistiu Ana.

Essa cobrança foi como um soco no estômago de seu pai, que vivia somente para o trabalho, sempre com o intuito de oferecer a melhor educação para sua filha.

— Talvez possamos ir à festa do Encontro dos miolos deste ano. Pode ser que haja menos pessoas — disse Francisco. Um "talvez" balançando a cabeça, ainda não muito decidido.

No dia seguinte, Edésio, embora já estivesse acordado, permaneceu deitado na cama. Não tomou o café da manhã com os pais como sempre fazia.

Seu Zé, ainda sentado à mesa, prolongava seu café o máximo que podia. Fez o mínimo de barulho para não atrapalhar o descanso do filho, que poderia estar muito cansado com a responsabilidade do peso da estreia, com o peso da armação do boi que, somados ao nervosismo e à tensão, fariam com que acordasse com dores no corpo. Porém, não escondia a ansiedade e curiosidade em saber os detalhes a respeito do dia anterior.

Quando finalmente saiu do quarto, cantarolando, entrou na cozinha, abraçou e beijou sua mãe como cumprimento de bom-dia e continuou cantarolando bem baixinho.

— Ele está feliz por ser o boi — disse seu Zé, sussurrando, convicto, no ouvido de D. Firmina.

— Ele está encegueirado. Já se esqueceu de como é, homi? — falou sobre sua impressão, também sussurrando ao pé de seu ouvido.

Seu Zé, que até então se considerava um conhecedor sobre o assunto, intrigado, sem perguntar nada ao filho, tentou fazer uma nova interpretação baseada na felicidade estampada em seu rosto.

O silêncio perdurou até a hora do jantar quando, finalmente, Edésio decidiu falar.

— Já não tenho mais tanta certeza se vou querer continuar sendo o boi, meu pai.

Aquela afirmação, ao mesmo tempo incerta, caiu como uma bomba na cabeça de seu Zé que, sem dar tempo para que o filho explicasse o motivo, perguntou-lhe o que havia acontecido, qual teria sido o porquê daquela decisão.

O rapaz, olhando para sua mãe, abriu o coração:

— Eu vi a moça mais linda e ela sequer notou a minha presença por baixo daquela indumentária que atraía todos os holofotes para a parte de cima, restando para a parte de baixo somente a escuridão.

Talvez, intimamente, já estivesse arrependido, porém, sem intenções de entristecer seu pai, continuou:

— Eu sei onde ela mora.

— Pronto! Resolvido o problema. Vá lá falar com ela!

Edésio não conseguiu se conter diante da ingenuidade do pai.

— E como deverei me apresentar a ela, meu pai? Oi! Eu sou a pessoa que carrega a armação do boi que você ficou admirando.

―――✺❁❁❁❁❁❁✺―――

Para Francisco, era impossível esconder seu aborrecimento e sua preocupação.

Nos dias que se sucederam, todos tentavam, com muito custo, aparentar leveza e descontração numa falsa calmaria.

Maria era a única pessoa que aparentava calma de verdade, pois sabia como eram os jovens; pelo menos, procurava entendê-los. Entretanto, até mesmo ela precisou mostrar firmeza ao falar com Ana. Quem faz uma vez poderá fazer sempre, pensou consigo.

Ainda que não acreditasse que seu pai realmente fosse à festa dos miolos, embora tentasse se mostrar resiliente com a vigilância que passou a sofrer depois daquele evento, sua inquietação com a aproximação do tão esperado dia não passou despercebida por Francisco, homem vivido, que aparentava uma falsa serenidade, mas seus pensamentos irrequietos o obrigaram a planejar o futuro da filha silenciosamente.

Ele precisava de conselhos. Aguardaria o melhor momento para telefonar para sua irmã, que ainda se restabelecia de seu problema de saúde.

A casa de Francisco era uma das poucas que tinha telefone. Ana se lamentava que as amigas de que mais gostava ainda não podiam usufruir daquele meio de comunicação. Então, para ela, aquele telefone e nada eram a mesma coisa.

Assim também era para Maria, que preferia ter seus bordados como distração.

Francisco sabia que não conseguiria conter os impulsos de sua filha por muito tempo, nem deveria. Entretanto, não gostaria que a filha se precipitasse tomando decisões que pudessem fazê-la se arrepender mais tarde.

E os dias passavam rápidos para alguns e lentos para uma linda jovem.

Rua Portugal, Centro Histórico

E finalmente chegou a tão esperada comemoração — o dia do encontro dos miolos — que sempre acontece na segunda sexta-feira do mês de julho no Centro Histórico. Seria a primeira participação de Edésio naquela festividade.

Nada, nunca, o tinha feito ficar tão ansioso na vida.

Após o fim dos cortejos juninos, as conversas com seus pais passaram a ser frequentes; conversavam abertamente sobre tudo: suas vidas, suas experiências, expectativas para o futuro, sobre sua permanência dando vida ao boi do grupo e, é claro, sobre o amor e a paixão dentro de suas realidades.

Antes de sair, Edésio pediu bênção aos pais e, de frente para o oratório com a imagem de São João, pediu por proteção e sorte. Deixou a humilde residência com a mais absoluta certeza da decisão que estaria prestes a tomar.

Ana, também muito ansiosa, não parava quieta. Escolheu seu melhor vestido de festa, arrumou e prendeu os cabelos em um belo penteado com fitas coloridas. Calçou seu par de sandálias simples, perfumou-se exageradamente, deixando a todos embriagados com o aroma da lavanda.

— Bora! Bora! — dizia aos pais para que se arrumassem rapidamente. Não estava acreditando que seu pai estivesse cumprindo o prometido. E no ano seguinte... eles assistiriam a tudo bem de perto.

Francisco, atento ao comportamento da filha, tentava afastar dos pensamentos sua preocupação. Afinal, ele já tinha sido jovem e entendia o comportamento natural daquela idade. Tinha plena consciência de que a filha não era mais uma criança fácil de ser influenciada ou manipulada, não pelos pais.

Ana já tinha vontades próprias e dificilmente alguém conseguiria controlar seu coração quando este começasse a bater num ritmo mais acelerado.

Finalmente deixaram a casa.

Para Maria, todo aquele colorido trazia as recordações do passado, agora mais presente do que nunca. Seus olhos exprimiam o sabor da felicidade experimentada na adolescência; felicidade, até então, adormecida.

Francisco procurava não demonstrar nenhuma reação atípica. Tentava enganar a todos, incluindo a ele mesmo. Não aparentava nenhuma empatia por aquele clima de festa; afinal, aprendeu, através do relacionamento dos pais, a arte de não demonstrar os verdadeiros sentimentos. Tornou-se um homem austero graças ao distanciamento do convívio familiar.

Caminhava atento ao comportamento da filha, que mostrava uma ansiedade fora do normal.

À medida que se aproximavam do local da festa, podiam ouvir o som de alguns pandeirões de foliões.

Ana foi tomada de surpresa ao avistar um boi que vinha em direção perpendicular à rua em que se encontravam. Ele seguia rumo ao ponto de encontro, no Canto da Cultura, cruzamento da Rua Portugal com a Rua da Estrela, na Praia Grande, Centro Histórico de São Luís.

Mais adiante, apareceram o segundo, o terceiro, até a rua ser tomada por muitos bois coloridos, cada um com seus belos couros bordados. Era uma explosão de cores por todos os lados.

Ela jamais imaginou que os veria, aos montes, juntos, e de tão perto.

Os miolos, homens por baixo daquelas armações, levantavam seus couros para que seus rostos pudessem ser vistos, afinal, era o momento para saírem do anonimato; enquanto outros apenas ficavam ao lado de seu boi que "descansava" no chão.

Edésio torcia para que Ana se recordasse do bordado e da cabeça do boi, pois aquele reconhecimento seria imprescindível para o grande encontro.

Enquanto os outros bois faziam suas coreografias e permitiam a aproximação das pessoas, Edésio, esperançoso pelo encontro, manteve-se em pé ao lado de seu boi, desejando que a jovem viesse admirá-lo mais uma vez.

A atitude despertou a atenção de João Miguel, um rapaz muito bonito, de estatura mediana; tinha a cor da pele um pouco mais clara e seus cabelos, fios lisos, eram mais para castanho claro.

Ele era um galanteador, e as moças se deixavam levar por seus elogios facilmente.

Todo mundo sabia que ele nutria uma certa inveja de Edésio, que achava graça do comportamento do amigo e justificava suas atitudes como sem fundamentos e infantis. Desde pequeno, ele travava uma competição sem propósito e tinha uma inveja dos grandes feitos de Edésio, talvez por causa de seus talentos. Ele era, sim, uma pessoa multifacetada.

As qualidades de Edésio eram observadas e apontadas por todos, pois ele tinha uma espantosa facilidade em adquirir conhecimento sobre qualquer assunto. Todos o adoravam, crianças e adultos, novos e velhos. Talvez fosse por esses motivos que o falso amigo nutria aquele sentimento competitivo em que, na maioria das vezes, a lealdade e a honestidade eram postas de lado.

João Miguel era um dos integrantes do grupo do pai de Edésio, no qual interpretava a personagem de um dos vaqueiros.

Quando ele soube que Edésio substituiria o pai na responsabilidade de representar o boi nos festejos do ano seguinte, ficou enciumado. Sem ninguém esperar e deixando a todos confusos, disse que havia recebido um convite para interpretar, no próximo ano, a personagem do boi do grupo Boi Divertido.

Seu Zé achou estranha aquela troca, e logo no grupo de um grande conhecido, mas desejou-lhe sorte. Jamais prenderia alguém que não quisesse fazer mais parte de seu grupo.

A partir daquele momento, a "tal" rivalidade entre João Miguel e Edésio passaria a ser mais evidente, principalmente nas festas dos miolos. Nesses encontros, todos aguardavam pelo carinho do público e pelo reconhecimento, uma vez que, nas apresentações e nos cortejos, permaneciam sempre no anonimato.

Quando João Miguel percebia as muitas atenções das moças em torno de Edésio, que na maioria das vezes conseguia driblar aquela infantilidade, logo dava um jeito de atrapalhar e frustrar qualquer tentativa de início de amizade ou, porventura, namoro. Porém, Edésio não deixava de se divertir e de encontrar felicidade na única coisa que o fazia sorrir com a alma, atitude que deixava João Miguel ainda mais irritado.

João Miguel, astuto, gostava de prestar atenção aos mínimos movimentos de Edésio. Logo, deduziu que o rapaz esperava por alguém... "Será que há alguma moça envolvida?", perguntou-se e, logo em seguida, se lembrou do sumiço, não presenciado por ele mas narrado por um dos componentes do grupo, que disse ter visto o momento em que Edésio havia largado o boi no chão de qualquer jeito para correr atrás de uma garota.

João Miguel, naquele momento, nunca esteve tão certo e seguro de suas suposições.

— Há, sim, uma moça envolvida nessa história — afirmou, ao mesmo tempo em que se indagava quem poderia ser.

Ana e seus pais, finalmente, chegaram à rua onde todos os bois se encontravam quase praticamente alinhados. Edésio estava um pouco depois da metade, em um dos lados da calçada.

Caminhavam lentamente e, conforme passavam pelos bois, Ana olhava um por um, cuidadosamente.

Seu pai logo percebeu que a filha estava à procura de um boi específico. Preocupado e se pondo em estado de alerta, desejava saber qual deles estaria sendo procurado e o porquê.

Tomado por pensamentos aflitos, vencido pelo medo, permitiu-se voltar no tempo, mais precisamente, no dia em que Ana saiu sorrateiramente de casa.

"O que teria acontecido naquele dia?", "Com quem ela teria conversado?", "Por quanto tempo teria ficado ausente?", perguntava-se. Perguntas quem nem ele e nem Maria saberiam responder.

Ainda nem tinham olhado um terço dos bois quando, mais que depressa, Francisco disse à filha que já estava cansado. Não quis correr o risco de Ana encontrar o que procurava, por mais curioso que ele estivesse.

— Estou cansado. Acho que já vimos o suficiente.

Francisco não gostava de ver a tristeza no rosto da filha, mas não cederia aos seus pedidos. "Talvez ele esteja no fim da fila ou, talvez, não tenha vindo", disse para si, tentando se consolar, arranjando suas próprias desculpas.

Enquanto isso, Edésio também procurava por uma resposta. "Talvez seu pai não a tenha deixado sair ou, talvez, eles tenham viajado", ponderava.

Procurou motivos, acreditando haver interesse mútuo.

Já haviam-se passado dois meses da festa de encontro de miolos quando Edésio colocou sua melhor roupa e decidiu ir à casa da jovem.

Ele não sabia ao certo o que iria dizer, pois nem mesmo o nome da moça ele sabia, mas seu coração ordenava que ele fizesse alguma coisa.

Coincidentemente, chegou em frente à residência de Ana quase no mesmo instante em que Francisco que, naquele dia, excepcionalmente, por não estar se sentindo muito bem, decidiu retornar à casa mais cedo.

Causou-lhe estranheza ao ver um rapaz parado em frente a sua residência, olhando insistentemente para a propriedade.

— O que faz parado em frente à minha casa? O que você quer? O que está procurando? — perguntava, sem preocupação em ser simpático e não dando chances ao rapaz de responder sequer a uma das perguntas. — Você está perdido?

— Não, senhor. Bem... eu procuro uma jovem que mora nessa casa e o senhor deve ser...

Edésio, inseguro, sem muita certeza das coisas, sem saber nomes, totalmente desinformado, acabou se atropelando em suas próprias palavras diante da rispidez daquele homem.

Francisco, não querendo explicações para o que já sabia se tratar, pôs o rapaz para correr e, esbravejando, o ameaçou, gritando:

— Seu muleque! Você veio aqui para mexer com a filha alheia? Para seu bem e para o bem da minha filha, mantenha distância desta casa!

Edésio não compreendeu o motivo daquela fúria e o porquê daquele tratamento. Talvez, nem cachorro de rua abandonado teria sido posto para correr daquela maneira e sem ter feito mal a ninguém.

Ele nunca tinha visto alguém tão amargurado, tão rude. Logo ele, que foi criado com tanto amor e doçura... Seus pais se relacionavam com tanto respeito e carinho. Até mesmo as suas brigas, quando achavam que as tinham, eram divertidas.

Foi tratado feito um bandido. Sentiu-se acusado por um crime que não cometeu e sequer teve a chance de se defender, de se apresentar.

Existem coisas que jamais deveriam ser esquecidas. Em silêncio, retornou para casa.

Apesar de ter sido humilhado e escorraçado, de alguma forma, ele precisava arranjar coragem para seguir em frente.

Decidiu nunca mais retornar àquele bairro e jamais bateria à porta daquele sobrado. Era uma pessoa humilde que havia aprendido o significado de dignidade, de amor-próprio, e a importância de respeitar não somente ao próximo, mas a ele principalmente.

— O que direi a meus pais que me aguardam ansiosos? — respirou fundo, antes de apoiar a cabeça na janela da condução.

Durante todo o trajeto de volta, não conseguiu pensar em melhores palavras para dizer aos pais, evitando deixá-los tristes. E, assim que entrou em casa, antes mesmo que perguntassem, sem interromper seus passos em direção ao quarto, disse:

— A ida àquela casa não levou a nada. Foi uma viagem debalde — logo em seguida fechando a porta.

Seu Zé e D. Firmina se entreolharam e ela fez sinal para que ele fosse conversar com o filho.

— Meu filho, posso entrar? — perguntou, enquanto abria a porta após longas e suaves batidas.

Seu Zé, parado em frente ao filho, procurava entender o que havia acontecido. Na verdade, ele aguardava respostas às perguntas ainda não feitas. E foi quando Edésio decidiu falar. Não disse tudo, mas o que revelou foi o suficiente para que seu pai se entristecesse e ficasse revoltado com a postura do pai da jovem.

— Meu filho, não apresse o correr do rio, pois tudo na vida tem o tempo certo para acontecer. Ficar com raiva e guardar mágoas neste momento não vai adiantar de nada — foi o que conseguiu dizer.

— Mas eu fui para pedir namoro de porta, meu pai!

Mesmo que no futuro Edésio tentasse uma nova aproximação, precisaria ter em mente que, se não tivesse as qualidades, aquelas implícitas, de acordo com os julgamentos de Francisco, não teria chance alguma e, dadas as circunstâncias de sua atual condição social, concluiu que deveria esquecer tudo e voltar a atenção para seu trabalho informal e para as atividades de tradição familiar.

Jamais negaria sua raiz e seu sangue para pertencer ou se encaixar em qualquer outra classe que não o respeitasse como indivíduo.

Ajudaria seu pai na arte de criar e construir instrumentos musicais e daria continuidade aos seus lindos trabalhos artesanais; afinal, ele era um ceramista muito bom e, forçosamente, procuraria manter-se ocupado para esquecer aquela humilhação. Sabia que seria difícil, mas não impossível.

———•◦◦◉◉◉◉◦◦•———

Em casa, Francisco chama Maria para uma conversa séria.

Tudo aquilo que ele viria a propor, na verdade, já estava decidido e sacramentado e, dificilmente, quaisquer argumentações por parte dela não seriam levadas em consideração. Ele comunicou sobre as decisões que tomaria e de nada adiantaria sua insistência em tentar fazê-lo mudar de ideia. Francisco conseguiu convencê-la quando lhe revelou sobre a vinda do rapaz à residência.

Maria não fez uma tempestade em copo d'água como Francisco havia feito, pois sabia que poderia ser paixão de adolescentes, aquela fase das descobertas... Eram jovens. Afinal de contas, refletiam o doce encanto da juventude, sabor este, agora, bem distante de Francisco e Maria, que fez questão de relembrá-lo de suas histórias quando jovens... Dele, dela e de Rosa.

Ainda relutante e não perdendo a chance de aterrorizar a esposa:

— Maria, e se, da próxima vez, por causa da sua distração, ao invés dela sair, o rapaz conseguir entrar na casa? Você pode imaginar essa situação? Você acha isso impossível de acontecer? Ela é nossa responsabilidade, Maria! Pense bem!

Desesperada, não querendo ser responsável por nenhum novo incidente, acabou concordando com o marido, mesmo sabendo que aquela decisão não deixaria somente ela triste.

Não queria pensar no vazio em que a casa ficaria sem a jovem e já antevia a tristeza e a solidão que a filha sentiria estando longe da família.

O assunto seria revelado durante o jantar.

Todos estavam à mesa, sem nenhuma conversa e somente o som do encostar dos talheres nos pratos. Cada um em seu silêncio interior.

Para dar a amarga notícia à filha, Francisco escolheu as melhores palavras que pôde. Precisou ser forte diante da tomada daquela decisão. Sabia que não teria o apoio da esposa. Então, começou seu pronunciamento, e somente sua voz era ouvida.

Disse à filha que ela seria enviada para morar na casa de sua tia Antônia, na cidade de São Paulo, onde teria excelentes oportunidades de estudo e, antes que ela contestasse sua decisão, argumentou:

— Ana, será bom para você, acredite, minha filha! Pense bem! Morar numa cidade grande cuja excelente infraestrutura, além de muitos outros recursos, com certeza, poderão te ajudar a realizar um de seus sonhos. Isso é uma oportunidade para poucos.

Francisco olhou para Maria e a obrigou que reiterasse sua opinião.

— Sim, você não queria ser professora ou enfermeira, como suas primas? Então, elas poderão te ajudar — foi apenas o que conseguiu dizer antes de a voz ficar embargada.

Francisco, sem dar uma pausa para que ela esboçasse qualquer reação, disse:

— Não adianta retrucar, pois já está tudo decidido.
— Impôs seu lado ainda desconhecido.

Não querendo acreditar naquilo que ouvia, Ana não conseguiu segurar o choro; a única coisa que ninguém poderia proibir.

— Partiremos nesse final de semana — disse o pai.

Aquela informação interrompeu o som de seu choro, porém, não o cair das lágrimas. Consternada e decepcionada com o que acabara de ouvir, tentou entender o motivo daquela decisão. O que teria ela feito daquela vez para que determinassem os planos de sua vida de forma tão intempestiva? Procurava por respostas... Foi quando se lembrou do dia da fuga.

A ideia de que seu pai ainda a castigava por causa daquele dia a deixou sem chão. Não conseguia acreditar que ele ainda não havia esquecido, ou melhor, que ainda não a tinha perdoado de verdade.

Perdida em seus pensamentos, Ana não conseguiu se conter:

— Estou sendo expulsa de minha própria casa — disse, gritando, na primeira vez em que levantou a voz para seus pais. Deixando prevalecer o lado imaturo, natural de sua idade, totalmente compreensível, completou: — Desejo nunca mais retornar!

Apenas reuniu suas coisas no dia anterior ao da viagem. Talvez esperasse por uma mudança de planos ou talvez porque não tivesse muito o que levar mesmo; uma mala de tamanho médio seria mais do que suficiente para suas coisas.

E, antes de deixar seu quarto, cuja decoração era simples, mas de muito bom gosto, deu uma última olhada e, com raiva, bateu fortemente a porta logo em seguida.

Arrependeu-se da rebeldia do dia anterior, quando desejou ficar para sempre em São Paulo. Queria saber quando voltaria para casa... "Daqui a um ano... dois... ou quem sabe nunca."

Cabisbaixa, ao chegar à sala, mal conseguiu encarar o olhar de seu pai e, de pronto, correu para abraçar a mãe, desejando que ela pudesse impedir sua partida, mas, feito Ana, Maria não tinha o poder de decisão.

Foi a primeira viagem de avião de Ana e de D. Maria. Gostariam que ela tivesse sido feita com um outro propósito que não aquele.

"E se ela gostar de São Paulo e não quiser mais retornar? Jamais perdoarei Francisco por isso!". Chocada com seus pensamentos, Maria fechou os olhos na vã tentativa de acalmar o medo do momento, mas não sabia se era do avião ou da possível permanência da filha em São Paulo.

"Será por pouco tempo, minha filha... O rapaz há de sumir", pensou Francisco, tentando se confortar.

Há distâncias que afastam, distâncias que aproximam e distâncias que, simplesmente, ficam no meio do caminho.

Maria sempre quis conhecer São Paulo ou, pelo menos, sair um pouco de casa, mas aquela viagem, de longe, jamais seria prazerosa.

Osasco, São Paulo, 2014

Antônia, viúva, havia se casado ainda muito jovem. Teve duas filhas, ambas muito bem casadas, Joana e Amália; esta, enfermeira e aquela, professora.

Durante muito tempo, insistiu para que Francisco fosse morar em São Paulo. Usava como argumento o crescimento das primas perto uma das outras. Assim como suas filhas poderiam influenciar de forma positiva nos estudos e na carreira que Ana poderia vir a escolher.

Antônia não conseguia entender o motivo pelo qual Francisco decidira manter residência em São Luís, uma vez que ele estudou e se formou no Rio de Janeiro, que também seria uma boa opção para fixar residência.

— Tenho meus clientes em São Luís. Poucos, mas fiéis — argumentava.

Talvez Francisco não quisesse recomeçar a vida em outro lugar. Já tinha uma certa idade e, em seu íntimo, o Rio de Janeiro era um lugar que ele conheceu muito bem e dele só queria distância.

— Mudanças me assustam. Ainda mais na minha idade — mentiu para a irmã.

— Maria, não se preocupe! Ana é como uma filha. Cuidarei muito bem dela. E quando a saudade apertar, venha para passar alguns dias. Será mais que bem-vinda.

Maria disse ter certeza de que sua filha estaria em segurança e que seria muito bem tratada. Disso não tinha dúvidas.

— Eu temo pela tristeza que ela sentirá e eu não estarei por perto para confortá-la.

Maria e Francisco ainda ficaram por três dias; o tempo para descansarem da viagem e para conhecerem um pouco aquela parte da cidade onde morava Antônia.

Após a partida dos pais, Ana desmoronou e, aos prantos, negou-se a sair da cama para fazer qualquer refeição naquele dia.

Antônia sabia que os primeiros dias seriam muito difíceis. Não tocou no assunto sobre estudos e preferiu mostrar-lhe a cidade primeiro, torcendo para que o lugar causasse empatia na jovem.

— Sei que sentirá saudades de São Luís. Se eu estivesse em seu lugar, com certeza, também sentiria. Para falar a verdade, eu também passei por isso. Não sei se seu pai contou... Caso não tenha, pode ser que a minha história possa te dar forças, pois tudo na vida é passageiro, acredite! Deixar sua casa, suas amizades, seu antigo colégio... sei que não será fácil no início, mas tenho certeza de que você se adaptará tranquilamente. Acho que vai gostar tanto que não vai querer voltar — disse em tom de brincadeira, tentando animar a sobrinha.

Antônia tentou convencer a sobrinha, falando um pouco mais sobre Osasco, um município localizado na região metropolitana de São Paulo. — É uma cidade grande e muito desenvolvida. Você, após os estudos, poderá conquistar seu primeiro emprego. São tantas as ofertas... Ana, já pensou iniciar uma carreira profissional aqui? Você poderia escolher a mesma profissão de seu pai ou a da Joana ou a da Amália... ou qualquer uma outra, é claro!

E Antônia continuou tentando encorajar a jovem.

— A cidade é cheia de oportunidades para aqueles com formação e sem formação por não terem concluído por quaisquer motivos. Porém, para estes, não haverá uma boa remuneração.

Durante as semanas subsequentes, Ana mostrou-se mais animada. Talvez porque tudo estivesse sendo novidade para ela que, raramente, saía de dentro de casa.

Ficou muito feliz quando, finalmente, conheceu as primas Joana e Amália. Elas a encorajaram dizendo que não faltariam oportunidades para ela ali. Conversaram sobre suas profissões e responderam, com muito júbilo, às curiosidades da prima.

— Ana poderá ser professora.

— Que tal trabalhar comigo em um hospital? Pense nisso, Ana! — disse Amália.

As irmãs, superdivertidas e animadas, conseguiram entreter a prima, conseguindo dela boas risadas.

━━━●◎◉◎●━━━

No trajeto de volta a São Luís, Maria e Francisco, talvez, coincidentemente, compartilhassem das mesmas preocupações, porém, cada qual em seu silêncio individual, com seus pontos de vista e suas lembranças.

"Teria sido a decisão mais correta? E se foi, teria sido justa?", ambos se perguntavam.

Quando se deu conta de que passariam o primeiro Natal sem a companhia da filha, Maria, pela primeira vez, criou coragem para falar e resolveu confrontar Francisco, não se importando que outros passageiros ouvissem a conversa.

— Francisco, você se lembra da nossa infância? Da nossa adolescência? Nós aproveitamos todas as fases da nossa idade, não se lembra? Você mais ainda, não? Agora, estamos privando a nossa filha de vivenciar a melhor época de sua vida, disse. Nós estamos punindo uma jovem que tem tanto amor pela vida, o mesmo que nós já tivemos um dia. Hoje, a gente vive por viver. Deixamos de sonhar. Cadê os sonhos que queríamos realizar? — continuou Maria, antes do silêncio avassalador que se fez, quietude que acordou as mais secretas lembranças, talvez esquecidas propositalmente.

São Luís, 1987

— Rosa! Rosa!
— Maria, vai ver por onde anda a sua irmã!
E lá saía Maria, com dez anos, à procura de Rosa.

Maria, ao completar aquela idade, passou a acompanhar a mãe para ajudar no trabalho doméstico na casa dos pais de Francisco.

Maria já sabia onde poderia encontrar a irmã, que, na maioria das vezes, brincava com Francisco no escritório de Sr. Antônio, lugar que mais parecia uma biblioteca pela quantidade de livros.

Ele e Rosa ficavam procurando o "tal" tesouro que Sr. Antônio afirmava estar escondido em algum lugar ali dentro.

D. Bertolina achava aquela brincadeira uma palhaçada, principalmente pelo filho estar acompanhado de uma serviçal.

— Tesouro escondido. Não tem nenhum tesouro escondido ali dentro não, criançada. É muita falta do que fazer — dizia para o Sr. Antônio.

Talvez, aquela brincadeira fosse uma maneira que ele tinha encontrado para ter mais proximidade com o filho, uma vez que Francisco era um menino arredio, calado e introspectivo, pelo menos com os pais.

A amizade entre Francisco e Rosa começou no primeiro dia em que D. Amanda decidiu levar diariamente a filha mais velha, naquela época com dez anos, enquanto Maria, com seis anos, ficava com uma vizinha amiga.

Franciso teve logo empatia por Rosa. Eram da mesma idade e tinham os gostos parecidos.

Aos dez anos, Maria passou a ajudar no trabalho, e todos os dias eram a mesma coisa...

— Rosa! Por ande anda essa menina? — perguntava à Maria, enquanto esfregava e torcia os grandes e brancos lençóis.

— Vai ver por onde anda a sua irmã! — pedia D. Amanda.

De vez em quando, Rosa desaparecia sem deixar nenhum rastro, enquanto Maria permanecia na casa ajudando a mãe, fazendo ou, na maioria das vezes, concluindo o trabalho deixado incompleto pela irmã.

Francisco e Rosa simplesmente sumiam, deixando Maria furiosa, pois, além de Rosa deixá-la sobrecarregada com as tarefas que eram dela, sentia-se excluída das brincadeiras pelos dois.

Rosa era muito bonita e sua beleza despertava a atenção de todos. Talvez fosse por isso que Francisco preferia estar mais ao seu lado, naquela época, sem procurar motivos pelas exclusões.

Na maioria das vezes, eles ficavam simplesmente calados, contemplando o nada, e, quando se falavam, a conversa fluía naturalmente. Havia muita afinidade entre eles, talvez por serem da mesma idade, somente por isso. Com Rosa, ele desabafava quando algo o incomodava muito e até contava algumas coisas peculiares acerca de sua família.

Maria era uma criança muito obediente e tinha medo de irritar ou preocupar a mãe, que não fazia outra coisa senão trabalhar.

O tempo havia passado tão rápido. Os amigos já estavam com dezesseis anos. O que Francisco mais gostava na jovem era do espírito de liberdade que ela possuía. Ela parecia viver num mundo paralelo, como se tudo a sua volta girasse em uma velocidade diferente de seu mundo interior.

Costumava dizer para Francisco que quando crescesse sairia daquele lugar e nunca mais voltaria, não porque não gostasse dele, mas porque ansiava por uma vida melhor e por oportunidades que julgava serem impossíveis para ela. Mas, ainda assim, sonhava.

E assim estava sendo feita a viagem de volta a São Luís. Em cada turbulência, as lembranças do passado se faziam presentes. Até o fim daquela viagem, esperavam se desapegar das antigas recordações para viverem o momento presente da melhor forma possível, desacorrentando o futuro presente.

E chegou o momento da despedida, o dia da morte do Boi.

Esse dia é uma festa começando a partir de setembro e pode durar três ou mais dias, encerrando as apresentações das brincadeiras daquele ano.

As ladainhas são ouvidas no início, depois há a perseguição ao boi; ele é laçado, morto e, após essa etapa de encenação, vinho, simulando o seu sangue é oferecido aos brincantes. Depois desse ritual, o ciclo se encerra e tudo recomeçará no ano seguinte.

A morte do boi era sempre feita em uma grande área que havia perto da casa de seu Zé. No centro desse espaço, havia um mastro bem alto de onde saíam diversos fios com bandeirinhas coloridas.

O colorido dos enfeites, juntamente com a fraca iluminação em volta e no centro da quadra, dava um contraste que já causava saudosismo e nostalgia em todos e, principalmente, em seu Zé que, de vez em quando, disfarçava uma lágrima e outra.

Como ele amava aquilo tudo!

As coreografias dos brincantes eram apreciadas por todos. Os mais idosos observavam das mesas espalhadas ao redor da quadra, já os mais novos, junto aos integrantes do grupo.

E quando o boi entrou em cena, durante as toadas de despedida, Edésio não conseguiu disfarçar sua tristeza, que fora percebida por todos, através dos movimentos do boi, num gingado em forma de lamento.

Ao perceber o aproximar dos vaqueiros, ele se deixou ser laçado facilmente. Não ofereceu resistência, talvez, porque já quisesse logo encerrar aquele festejo e se preparar para o próximo... ou não.

Para D. Firmina, que observava de longe, ela poderia dizer que, por vontade própria, o filho se encaminhou rapidamente ao mourão para que o sangramento fosse logo feito. Ela sabia o quanto ele estava triste. E para quem não fazia parte daquele contexto, não via a hora de beber do vinho que simulava o sangue do boi.

Assim que os vaqueiros acabaram de passar o vinho das garrafas para o balde, a bebida foi ofertada para os integrantes do grupo e para aqueles que assistiam àquela encenação ao som das toadas de encerramento.

D. Firmina, afastada de todos, porém consciente da situação, tristemente, observou o boi laçado que, naquele momento, jazia deitado ao lado do mourão. Em outra extremidade, encontrava-se seu Zé, que mais chorava que cantava as toadas ao lado do compadre. Poucos perceberam o caminhar triste e silencioso do miolo ao deixar aquele local.

E assim se encerrou o ciclo festivo daquele ano.

Osasco, São Paulo, 2015

D. Antônia, com a ajuda das filhas, preparou uma festa surpresa para a comemoração dos 17 anos da sobrinha. Joana e Amália haviam convidado alguns amigos próximos para se juntarem ao núcleo familiar naquela confraternização. Francisco e Maria estiveram presentes, mas as suas melhores amigas não puderam ir, pois os pais alegaram que seria uma viagem impraticável para eles, demasiadamente cara. Pediram desculpas e disseram que suas filhas sentiam muitas saudades de Ana. Desejaram muitas felicidades e que fariam um enorme encontro quando ela regressasse para São Luís.

Durante a festa, Ana tentava aparentar uma falsa felicidade, talvez porque não valesse a pena externar sua tristeza. De que adiantaria? Seu pai jamais mudaria de opinião. Falar com sua mãe? De nada adiantaria tampouco.

E mesmo que seus pais percebessem, quem cederia àquela decisão? Quem daria o braço a torcer, alegando ter errado?

Nas semanas seguintes, a tristeza de Ana já não passava mais despercebida.

D. Antônia, preocupada, pedia às filhas para que fizessem visitas frequentes e sempre em dias alternados. Assim, quase todos os dias haveria a presença de alguém que não fosse ela. Sempre levavam algum conhecido delas para que Ana não achasse as visitas monótonas.

A saudade de casa era muito grande. Ana chorava ao pensar em sua mãe, chorava pelo amargo castigo imposto por seu pai; porém, apesar de tudo, sentia muita falta deles. Ela desejava, desesperadamente, voltar para o aconchego do lar, para seu antigo colégio, para seu quarto, para as risadas com as amigas...

Ana estava sendo muito bem cuidada pela tia, mas ali não era seu lar. Ela preenchia a solidão da tia enquanto a dela aumentava significativamente.

D. Antônia havia encontrado uma excelente escola bem próxima a sua residência. As duas caminhavam por cerca de quinze minutos todos os dias e D. Antônia fazia questão de levá-la e buscá-la diariamente, apesar da insistência da sobrinha em querer ir e voltar sozinha, alegando já conhecer o caminho.

D. Antônia, com muito carinho e doçura na voz, dizia ter certeza daquilo, mas que a segurança dela era de sua total responsabilidade e não se perdoaria se algo de ruim acontecesse à jovem. "De tristeza, já basta o passado", afirmação que deixou Ana sem compreender do que se tratava.

— Imagine se algo acontecer a você! Como explicarei para seus pais, que confiaram a mim o mais valioso presente dado por Deus?

Passados alguns meses, Ana começou a apresentar irritação e inquietação. Tudo começou quando se deu conta de que a prisão havia mudado apenas de endereço e, sem poder mudar seu destino, quanto mais triste ficava, mais fracassava nos estudos. Até o dia em que adoeceu.

Nenhum médico encontrou uma doença aparente para explicar o estado de apatia em que a menina se encontrava. Todas as novidades e todas as oportunidades passaram a ter menos importância do que antes. Às vezes, deixava-se empolgar mais pela felicidade e entusiasmo da tia e das primas.

Seu desapego dos estudos não era sinônimo de quem não queria um futuro melhor, uma vida diferente. Ela queria, apenas, que as pessoas entendessem que saudade também faz adoecer, principalmente, a saudade de um desconhecido. Ana passou a comer muito pouco. Foi ficando cada vez mais fraca e já passava a maior parte do tempo deitada.

Sua tia tentou de todas as maneiras tirar a sobrinha daquela situação e, quando percebeu que algo mais grave poderia acontecer, telefonou para o irmão e pediu para que viesse conversar com a filha e para constatar como estava sua aparência. Talvez mudasse de ideia.

— Amália recomendou que a levem de volta para casa, pois seu estado poderá se agravar. Ana está ficando cada vez mais fraca e suscetível a uma pneumonia, principalmente com a chegada do próximo inverno — advertiu o irmão naquela ligação telefônica.

São Luís, 2016

Do mesmo modo como foi para São Paulo, dele retornou: calada. A única diferença estava em sua aparência, em seu estado físico e talvez, mental.

Ao ver a silhueta da filha, muito mais magra, com rosto apático e sem brilho no olhar, Francisco, que havia ido sozinho daquela vez, não conseguiu esconder a preocupação. Ela parecia tão frágil... O que diria Maria quando a visse?

Decerto seu pai estivesse arrependido àquele momento.

Tão logo chegaram a São Luís, Maria logo correu para abrir a porta e, ao se deparar com a filha, levou as mãos à boca, bloqueando as palavras que poderiam escapar de seus pensamentos naquele momento. Percebeu que Ana não tinha forças para sequer segurar uma de suas bagagens, após tentativa para tirar a mala do chão.

— Deixe que eu cuido de tudo. Colocarei suas coisas de volta nos armários e, com calma, quando estiver se sentindo melhor, você reorganiza do seu jeito — disse à filha.

A primeira semana pareceu interminável. Ana saía do quarto o mínimo possível. Seus pais se sentiam culpados e arrependidos, porém, manter-se-iam otimistas para que as coisas voltassem a ser como antes.

Francisco e Maria entraram em um acordo. Prometeram não abordar com a filha nenhum assunto relacionado ao motivo de sua ida para São Paulo, bem como sobre o período em que esteve na casa da tia.

Maria pediu permissão aos pais das amigas da filha para que as deixassem dormirem de vez em quando em sua casa. Quem sabe elas não conseguiriam alegrar a jovem novamente?

Ana era uma menina tão cheia de vida... Adorava fazer planos para o futuro, embora os desfizesse na mesma velocidade. A mudança de cidade não foi positiva em nenhum sentido. Não houve um rendimento escolar suficiente para que passasse para a série seguinte no próximo ano letivo. Com isso, ela teria que repetir e não pertenceria à mesma turma de suas amigas.

─━◦◦◉◉◉◦◦━─

Atendendo ao pedido do pai, Edésio vai ao centro de São Luís em busca de couro para tambores e pandeiros e por novas matracas. Confessou à mãe que, talvez, após as compras, caso encontrasse a coragem, faria uma nova tentativa. Iria até a casa da jovem para falar com seu pai. Quem sabe ele não conseguiria conversar daquela vez? Afinal, já havia-se passado mais de um ano daquela infrutífera aproximação.

Ao se ver cheio de sacolas, achou por bem deixá-las guardadas no estabelecimento. Olhou para suas roupas, que também não eram as suas melhores, mas algo lhe dizia para fazer uma nova tentativa. Combinou com o atendente da loja que, caso não voltasse a tempo de pegá-las, ainda naquele dia, retornaria no dia seguinte bem cedo.

Durante o trajeto, antes de fazer aquela visita, algo lhe despertou a atenção.

"Não demorarei tanto tempo", pensou.

Foi Maria quem abriu a porta e, sem procurar saber exatamente do que se tratava, foi logo chamar o marido, acreditando tratar-se de um dos jovens estagiários do escritório. Francisco tinha decidido dar oportunidade de aprendizado para jovens formandos.

Ao ver o rapaz, perdeu o controle de si ao tirar conclusões precipitadas. Aos gritos, o expulsou, fazendo gestos de quem estaria pronto para brigar se fosse necessário. Durante aquele momento de fúria, ele não havia se dado conta de que Ana poderia ter ouvido tudo, o que não teria sido impossível.

Maria, até então, desconhecia aquele comportamento do marido.

Ana, ao ouvir os gritos do pai, levantou-se da cama, foi até a janela e, do alto, ainda conseguiu ver um pouco da silhueta do jovem. Algo lhe dizia que o assunto era sobre ela.

O mais rápido que pôde, trocou a veste de dormir por uma outra muda mais adequada. Em sua cabeça, pensava estar sendo rápida na troca de roupas, mas em seu estado frágil, por mais que quisesse ser ágil, seu corpo enfraquecido não conseguiu responder na mesma velocidade desejada.

Quando finalmente desceu, a porta da sala já estava fechada e seu pai, sentado na cozinha, passando mal e sendo amparado por Maria.

— E se ele aparecer num dia em que eu não esteja aqui? — perguntava-se repetidas vezes.

Ana, acreditando que ainda daria tempo de ver quem era o rapaz, enquanto seu pai estava na cozinha sendo acudido por sua mãe, caminhou o mais rápido que pôde até a porta, destrancando-a. Com passadas apressadas, seguiu em direção ao meio da rua. Talvez ele não estivesse muito distante para ouvir seu berro caso fosse necessário.

Ao ouvir o som de uma buzina, virou o corpo para o lado oposto e soltou um grito de medo. O ruidoso som de frenagem e a imagem de um carro foram as últimas coisas que talvez tenham ficado registradas em sua memória antes do choque.

Um grito abafado por uma batida forte e seca, uma voz inconfundível, rapidamente reconhecida por Maria e Francisco que, ao perceberem que vinha da rua, correram em direção à porta da sala, totalmente aberta.

Assim que chegaram à rua, o carro causador do acidente se encontrava parado um pouco mais à frente da residência e seu condutor, sentado na calçada com ambas as mãos na cabeça.

A primeira reação de Maria foi correr em direção a ele, enquanto Francisco correu em direção às pessoas que faziam um círculo envolta de alguém caído no chão. Ao afastar as pessoas, deixa-se cair de joelhos, em prantos, ao lado do corpo da filha. Logo em seguida, chega Maria, que voltou seu rosto para o céu e pediu clemência. Francisco chorava copiosamente.

O condutor alegou que passava por aquela rua não muito movimentada e que estava dentro da velocidade permitida naquele perímetro urbano no momento do acidente, porém distraiu-se por algum motivo e, quando voltou sua atenção para a direção, se assustou com a jovem que já se encontrava no meio da rua e que não tinha percebido a aproximação do carro. Por causa de seu nervosismo, em vez de acionar a frenagem, ele acabou pisando no acelerador, o que contribuiu para o aumento da velocidade do veículo, mas, ainda assim, instintivamente, conseguiu acionar a buzina e foi nesse momento em que ela se virou de frente para o condutor, que não conseguiu evitar o atropelamento.

No percurso de volta para casa, segurando as sacolas com os materiais comprados a pedido do pai, Edésio parecia ser uma outra pessoa; havia mudado sua forma de pensar e procurou encontrar respostas para determinados comportamentos humanos, mas sem os julgar. No início, sentiu-se inseguro na forma de pensar e se lamentou. "Teria sido a melhor decisão?", perguntou-se. "É incrível o que as pessoas são capazes de fazer com as outras. Algumas conseguem despertar nossos melhores sentimentos, enquanto outras conseguem provocar o que há de pior dentro da gente." Sentado na poltrona ao lado da janela, falava consigo mesmo enquanto observava o caminhar das pessoas nas ruas e não percebeu o olhar preocupante do passageiro sentado ao seu lado.

Nunca estivera tão decidido em sua vida. Para ele, o tempo era um remédio maravilhoso, capaz de fazer esquecer os fatos mais doloridos da vida. Em contrapartida, esse mesmo medicamento conseguia ser muito mais eficaz quando a intenção era oposta.

Irrequieto, repensava toda a cena que o fez mudar de ideia sobre muitas coisas e chegou à conclusão de que a decisão que tomaria agradaria e decepcionaria seus pais ao mesmo tempo.

Ficou aliviado ao chegar em casa e ver que ambos já estavam dormindo. Assim, teria mais tempo para encontrar a melhor maneira de abordar aquele assunto com eles no dia seguinte.

Deveria ser aproximadamente nove horas. Edésio já se encontrava acordado. Talvez, nem tivesse conseguido dormir de fato. Porém, continuou deitado apesar de ouvir as vozes e o som dos movimentos de seus pais na cozinha. Ainda lhe faltava a coragem. Estava tão exausto do dia anterior... Mal conseguiu pensar em como dar a notícia sem causar muita tristeza.

Seus pais já estavam sentados à mesa do café desde às seis da manhã, horário em que costumavam fazer o desjejum.

Ao ver aquela iguaria, seu Zé, com um sorriso de orelha a orelha, sem perceber, já tinha acabado com quase todo o Cuscuz Ideal preparado por D. Firmina para o filho.

Ansiosa, pois apenas ela sabia sobre as intenções do filho, assunto sobre o qual prometeu guardar sigilo. D. Firmina não se conteve e preparou algumas iguarias para comemorarem. Na mesa, entre outras coisas, havia bolo de goma de tapioca, beiju, Cuscuz Ideal e aquele café que somente ela sabia fazer.

— Homi, controle-se! — disse D. Firmina, ao se dar conta de que seu Zé já havia comido mais da metade do cuscuz ideal.

Edésio deixou o quarto e, assim que adentrou na cozinha, seu pai já esticava a mão para arrebatar mais um cuscuz quando foi interpelado por D. Firmina.

— Já chega, homi! — disse, dando-lhe um tapinha na mão.

Mal o rapaz sentara, foi logo perguntado sobre o encontro no dia anterior.

— E aí? Tudo bem? Como foi lá? — perguntou sua mãe, deixando seu Zé sem entender do que se tratava, mas deduzindo logo em seguida.

D. Firmina, pelo semblante do filho, logo percebeu que as coisas não haviam saído conforme o esperado.

— Destá! Destá! — disse ela, antes que seu Zé começasse a fazer perguntas.

Percebendo a tristeza e ar pensativo do filho, acharam por bem fazer silêncio e aguardar pela desopressão, que não tardaria muito para vir.

E, conforme suas intuições, nem demorou tanto assim. Edésio começou pela boa notícia. Na certeza de que não saberia explicar muito bem, resumiu dizendo ter grandes chances de concluir seus estudos por intermédio de uma modalidade de educação destinada às pessoas que não os concluíram no tempo certo e, caso conseguisse esse feito, escolheria uma profissão que pudesse ajudar as pessoas contra qualquer tipo de agressão ou injúria.

A má notícia era seu descontentamento com o anonimato imposto pela personagem do boi. Avisou que não participaria no próximo festejo, pedindo ao pai para que colocasse uma outra pessoa em seu lugar.

— O senhor poderia colocar o João Miguel. Ele sempre quis o meu lugar. Eu não vejo problemas em relação a isso.

Eu até tenho pena por ele ser daquele jeito, invejoso, como o senhor mesmo diz, porém, ele não é uma má pessoa.

"Nunca mais passarei por aquilo de novo", pensou, ainda se recordando da decisão tomada no dia anterior que resultou na mudança de planos e sonhos.

D. Firmina decidiu quebrar o longo silêncio que se fez e deu como desculpas ter muito trabalho a fazer. Por bem, achou melhor deixá-los a sós. Talvez houvesse mais alguma coisa que o filho quisesse compartilhar somente com o pai.

Desde aquele dia, Edésio, diante das dificuldades que a vida lhe apresentava, tornou-se mais forte e mais maduro. Parou de procurar culpados, preferiu ocupar sua mente com os estudos e o trabalho, seguindo assim em frente, em busca de um futuro melhor.

——◦◦◎◎◉◎◎◦◦——

Quem teria a coragem de informar àquela jovem, que estava prestes a completar 18 anos, sobre os desafios a serem enfrentados nos dias que estavam por vir?

Francisco e Maria ainda não acreditavam que a filha, a quem tanto protegiam, passaria por aquele sofrimento.

O médico reuniu seus pais para informar-lhes um pouco sobre as possíveis lesões e, somente no dia seguinte, falaria com a jovem.

— Nesse tipo de acidente, a pessoa geralmente rola por sobre o capô e para-brisa e é arremessada adiante do veículo, atingindo o solo logo em seguida. Acreditamos que deva ter acontecido exatamente assim com a filha de vocês. A velocidade em que o veículo estava no momento do choque, somada à altura dela, influenciaram em seus traumas, leves e moderados... Aparentemente, não graves — disse, descrevendo sobre como poderia ter sido o acidente de forma bem resumida e sendo breve.

Ele também foi conciso ao antecipar um pouco sobre os procedimentos médicos que deveriam ser feitos.

— Geralmente, as radiografias são necessárias, mas às vezes, conseguimos diagnosticar fraturas com base nos sintomas, nas circunstâncias que causaram a lesão e nos resultados de um exame físico, acrescentou.

O médico, percebendo um certo grau de instabilidade emocional em Francisco, inicialmente, dirigiu-se a ele para repassar as informações, depois, voltando-se para os dois, disse:

— Ela não corre nenhum risco de morte, não se preocupem em relação a isso! — concluiu, tranquilizando os pais de Ana.

— Eu a manterei aqui por um dia e amanhã haverá um novo diagnóstico sobre o seu quadro clínico — disse o médico.

Entre simpatias e orações, Maria disse que faria uma promessa ao seu santo devoto para que a saúde da filha fosse restabelecida o mais rápido possível.

Ao ouvir Maria falando sobre promessa, Francisco relembrou a quebra de um juramento de uma promessa que havia feito no passado.

"Eu já ouvi essa palavra em algum momento de minha vida. Fui relembrado e cobrado por ela, mas falhei", pensou ele. Procurando se lembrar, Francisco saiu do quarto em busca de um lugar onde pudesse ficar sozinho.

São Luís, 1992

Francisco e Rosa sempre foram muito unidos. Eles tinham uma amizade muito bonita.

Havia o grupo que torcia por um namoro entre eles, por um casamento, quem sabe? E por que não? E havia o grupo que via aquele possível namoro como algo improvável por causa da desigualdade social entre eles. Os fatores econômicos e educacionais, entre outros, aparentemente não preocupariam Francisco, mesmo porque os seus pais já não tinham tanto poder econômico; porém, ainda estavam muito distantes de terem uma vida de sacrifícios.

Sim. Eles estavam namorando secretamente. Rosa, com seu espírito aventureiro, fazia planos para sair dali, enquanto Francisco, por ser o único filho homem, sentia-se preso por causa de seus pais. Enquanto Rosa dizia que sua mãe tinha Maria para lhe fazer companhia, alegando que ela não faria falta, Francisco, em contrapartida, não poderia dizer o mesmo. Se ao menos sua irmã ainda morasse por perto...

Sua resiliência diante daquele fato não durou muito, e tudo ia bem até o dia em que ele afirmou, aos 21 anos, que não queria ter uma vida semelhante à de seu pai e, intempestivamente, decidiu cursar o nível superior na cidade do Rio de

Janeiro, deixando para trás somente a promessa feita à Rosa: a de que voltaria para pegá-la depois de formado.

Enquanto Francisco cursava seus estudos em Direito, Rosa, após a morte da mãe, decidiu trabalhar como cuidadora, emprego cujo requisito era ter disponibilidade para morar na residência da idosa. O valor do salário que receberia seria um pouco menor daquele que recebia na casa dos pais de Francisco; remuneração que também era insuficiente para as suas necessidades, levando em conta que era preciso juntar os dois salários, o de Maria e o dela, para que pudessem sobreviver naquele lugar de miséria por todos os lados. Ela tinha aceitado o fato da diferença salarial, mas tão somente porque teria os estudos custeados pela família da idosa.

Com a saída de Rosa, Maria ainda continuou, por um bom tempo, atendendo ao Sr. Antônio e à D. Bertolina.

Nos dois primeiros anos letivos, Francisco visitava seus pais trimestralmente. Depois, as visitas passaram a ser semestralmente e, no primeiro Natal em que não se fez presente, Rosa começou a suspeitar que, talvez, ele tivesse conhecido alguém. Com a certeza de que tinha sido trocada, procurou por outras desculpas sem censurá-lo. "Nós éramos muito jovens quando ele fez aquela promessa", pensou.

Francisco agora era um jovem de 23 anos, endeusado por sua nova vida longe de casa. Passou a frequentar badaladas festas, viajar nos finais de semana com supostos amigos, e diziam as más línguas que ele já teria firmado compromisso sério com uma colega de faculdade.

Laranjeiras, Rio de Janeiro, 1996

Rachel havia sido criada para ter tudo em mãos, inclusive pessoas. Antes do término do último ano letivo, ela conheceu Francisco, um homem de 25 anos, inteligente, bonito, muito seguro de si e de suas convicções. Não descansou até ser apresentada a ele, antes que ambos deixassem a Faculdade Nacional de Direito.

Ela era uma mulher de muitas qualidades — extremamente atraente, bonita, inteligente, determinada — e de muitas imperfeições: gananciosa, mentirosa, falsa, entre outras encobertas por sua feição, aparentemente, angelical.

Rachel costumava atrair as suas presas por alguma afinidade que tinha com elas, bem como costumava usar a inteligência para o mal, motivo pelo qual não tinha amigos verdadeiros.

Mimada pelos pais, tinha tudo na hora em que queria. Ela era o oposto de seu único irmão, Felipe, que, de seus pais, não queria nada, ao passo que Rachel queria tudo.

Quando soube que a filha fazia planos de seguir a carreira da família, a advocacia, mesmo após seu ingresso na faculdade o Dr. Marcus não a levou a sério. Ele conhecia muito bem a filha que tinha. As suas vontades, na maioria das vezes, eram momentâneas, "fogo de palha", como ele mesmo costumava dizer.

Porém, foi surpreendido ao saber, por amigos e professores da faculdade onde a filha estudava, que ela era a melhor aluna da turma. Encantado com a notícia, ao chegar em casa, fez questão de que todos estivessem presentes no jantar daquele dia. Abriu um espumante e fez um brinde.

— A tradição da família será continuada — disse Dr. Marcus, virando-se para o filho e, com um olhar provocador, ergueu a taça para o brinde.

— Quem diria... a minha filhinha... melhor aluna da turma — disse sua mãe, levantando a taça para um segundo brinde.

— Ela mostrou que não é somente um rosto bonito. Pelo menos, ratificou a continuidade da "tradição familiar". — Para alívio de seu irmão, virando-se novamente para o filho, disse Dr. Marcus: — Um renomado advogado, um dos mais conceituados na área cível da cidade do Rio de Janeiro.

— Pai, não espere isso de mim! Não me obrigue a seguir uma carreira pela qual não tenho a menor empatia. "Ter escritório próprio" não é condição suficiente para dar continuidade à "tal tradição familiar". É preciso ter talento, além de outras coisas. Fico muito feliz por minha irmã e concordo com o senhor: estou, sim, aliviado! As pessoas são diferentes. Eu gostaria que o senhor aceitasse e apoiasse a minha escolha, da mesma forma que apoia as escolhas de Rachel.

Felipe, cansado de tanto repetir a mesma argumentação, quando a conversa chegava ao nível do insuportável, interrompia sua refeição, cruzava os talheres sobre a comida, na maioria das vezes, quase intocada, pedia licença e se retirava do ambiente.

Eles pertenciam a uma família cuja tradição, praticamente, obrigava todos os descendentes ao exercício da advocacia.

Tradição que seria interrompida caso Rachel não tivesse demonstrado interesse em segui-la, tendo em vista que seu irmão, quatro anos mais velho, contrariando o pai, estava perto de concluir seus estudos em Medicina e, tão logo terminasse sua residência, ingressaria em uma Organização Humanitária Internacional, livrando-se dos tentáculos obrigatórios da família. Felipe, desde cedo, sabia exatamente o que queria e sempre apresentava suas argumentações, colocando-as de forma transparente nas constantes discussões acerca do assunto "profissão".

Mas sua irmã, astuta, estava sempre inclinada para o lado mais fácil, o lado do tudo pronto e sempre à mão. Convincente em suas argumentações, sempre induzia o pai a tomar as decisões propostas por ela.

Dr. Marcus a enaltecia, dizia que seria a melhor advogada da família. Para os amigos, orgulhoso, gabava-se de que a filha tinha um poder de persuasão melhor do que de qualquer outro advogado de seu escritório.

Rachel levava uma vida completamente livre. Sempre conversava abertamente com o pai sobre todas as suas paixões e, a cada novo relacionamento, jurava que era sério. Fazia mil planos e quando tinha certeza de que o pretendente já estava completamente apaixonado, bem preso em sua teia, ela, sem mais nem menos, terminava o relacionamento, alegando ainda ser prematuro aquele compromisso. Até o dia em que conheceu o homem que não se curvaria aos seus caprichos e vontades, mas render-se-ia à sua beleza e charme.

Porém, seu lado esnobe e soberbo, de quem sempre se achava superior, talvez pelo famoso sobrenome que carregava, a afastava de todos, o que tornava bem difícil a aproximação de seu novo alvo.

Aproveitando-se do momento em que Francisco pedia orientação ao professor acerca da tese que defenderia, Rachel pediu desculpas pela interrupção e, mostrando-se muito solícita e prestativa, ofereceu, caso ele não os tivesse, os livros que poderiam auxiliá-lo em suas pesquisas.

Feito um exímio caçador, ela soube administrar o tempo e a velocidade, garantindo o objeto da caça, usando como isca a vasta coleção de livros na área jurídica que havia em sua casa.

— Basta me dizer o título, verificarei e trarei amanhã. Tenho certeza de que meu pai possui todos os livros jurídicos. E caso seja mais de um, eu o convido a ir à minha casa, assim, juntos poderemos procurá-lo.

Olhou e fez um sinal para o professor, um grande amigo de seu pai, de modo que ele ratificasse o que ela acabara de falar. E começou assim o relacionamento de Rachel e Francisco, com uma amizade, no último ano letivo.

Com o tempo, as visitas à casa dela começaram a ser frequentes. No início, para estudar; depois, jantar, conversar, passar o tempo... depois vieram os finais de semana, e Dr. Marcus viu naquele jovem inteligente e ambicioso uma promissora parceria perfeita, tanto para sua filha quanto para sua firma de advocacia.

— Poderei morrer sossegado. O escritório estará em boas mãos — confessou à esposa, Fernanda.

Rachel conseguiu envolver Francisco de uma tal maneira que nem ele percebeu que já estava praticamente no altar. Pelo menos uma vez por semana jantava na casa de seus pais, faziam pequenas viagens juntos, e não havia uma única festa em que D. Marcus fosse convidado que não estivesse presente o casal Rachel e Francisco, mesmo que o noivado ainda não estivesse oficializado.

Francisco, endeusado e enaltecido por conhecer a nata de advogados da cidade, não percebera que caíra em uma teia e, principalmente, que a soberba já havia nele aflorado.

Ele tinha um bom salário e já sentia o gosto do poder. Induzido por Rachel, alugaram um *flat*.[1] Afinal, o sogro jamais os deixaria sem uma boa causa para defenderem.

---

1 Definição de dicionário: substantivo masculino. Apart-hotel. Etimologia (origem da palavra flat). Palavra Inglesa.

Rio de Janeiro, 1997

O mês de agosto mal tinha se iniciado quando o passado bateu à porta. Francisco recebeu uma mensagem telegrafada informando que seu pai havia sido hospitalizado com urgência.

Solicitou uma dispensa temporária do estágio, alegando não saber com precisão quando retornaria, mas que tentaria resolver tudo o mais rápido que pudesse. De pronto, seu pedido foi aceito. Entretanto, seu chefe o autorizou a ficar o tempo que julgasse necessário e, caso decidisse retornar para o Rio de Janeiro, com a intenção de se estabelecer definitivamente, seria bem-vindo.

Durante todo o período da viagem de volta, ele não parava de pensar por um minuto sequer. "E se meu pai morrer antes de eu chegar?", "Será que eu ainda conseguirei falar com ele?", "Eu não devia ter saído de casa". Perguntas e afirmações que se fazia repetidas vezes. Por um momento, mostrou-se arrependido, mas, por outro lado, caso seu pai morresse, passaria a ser o homem da casa, responsabilidade jamais cogitada por ele, que decidiu se afastar do convívio familiar para estudar, se formar, trabalhar e viver. Sim, viver, pois tudo que não havia naquela casa era vida.

A ideia de ter que voltar a morar ali, a princípio, o deixou paralisado. Nem saberia por onde começar. Seu pai não falava nada sobre as finanças, sobre os bens da família — se é que eles ainda tinham as outras propriedades — sobre as condições de seus empregados, sobre as histórias do passado. Não falava absolutamente nada, pelo menos não com ele. Talvez, a motivação para estudar no Rio de Janeiro e deixar tudo aquilo para trás tivesse vindo dessa mágoa de não se sentir parte da família. Francisco sempre teve a sensação de exclusão e agora, a ideia de ter que voltar a morar naquela casa, por imposição, apenas pelo simples fato de ser o único filho homem, o atormentava.

— O que quer que venha a acontecer, vou ficar apenas por pouco tempo e retornarei ao Rio de Janeiro para dar continuidade aos estudos que eu ainda pretendo fazer e para concluir o estágio — disse, seguro de suas palavras. — E se porventura eu conseguir ser efetivado, ficarei por lá mesmo... — enquanto alisava a pele da fronte, cujas marcas de preocupações já haviam começado a apresentar seus sinais, Francisco procurava enxergar uma saída para escapar daquela possibilidade compulsória, ditada por um laço familiar que nunca existiu.

Antes de sua ida para a cidade do Rio de Janeiro, ele havia feito cópias de alguns documentos pessoais de seus pais, caso a faculdade solicitasse. Com isso, quando chegasse à cidade natal, dependendo de seu quadro clínico, não precisaria procurar por eles às pressas em seu escritório, um lugar cheio de mistérios. Na verdade, ele nem saberia por onde deveria começar a procurar.

Tão logo chegou ao aeroporto, tomou uma condução direto para o hospital. Conversou com o médico, que não deu muitas esperanças, e conseguiu permissão, mesmo fora do horário, para visitar o pai, já inconsciente naquele momento.

Ao chegar em casa, foi recebido por alguns empregados que o cumprimentaram sorrindo, apesar da situação. Alguém cochichou algo em seu ouvido.

— Primeiro irei ao escritório, depois falarei com ela. Não digam que eu já cheguei! Preciso de um tempo sozinho.

Várias lembranças se afloraram nele ao entrar naquele cômodo. Foi como se ele tivesse transpassado um portal de volta ao passado... no tempo quando era menino.

Deixou-se cair na poltrona de cor marrom chocolate, acariciou seus braços de couro enquanto tentava se lembrar do último contato que teve com seu pai. Depois abriu, silenciosamente, cada gaveta da escrivaninha, na esperança de encontrar algo deixado somente para ele. Decepcionado, fechou cada uma com todo o cuidado, depois, mexeu em alguns papéis e blocos que havia sobre a mesa e foi quando viu o objeto sonoro.

Tomou o sino nas mãos, olhou para ele e sorriu. Fechou os olhos para se recordar das inúmeras visitas àquele lugar e foi quando ouviu um barulho. A porta estava sendo aberta. Pensando ser sua mãe, rapidamente, abriu uma das gavetas e guardou o objeto, assim como seu pai sempre fazia. Ficou assustado e paralisado ao ver Rosa e ele entrando sorrateiramente pela grande porta de madeira, como no tempo em que eram crianças. Ele via a si mesmo e à Rosa procurando o tão falado tesouro que seu pai insistia em dizer estar escondido ali dentro.

Por um momento, pensou estar enlouquecendo. Aquele casarão... Ele nunca se sentiu bem dentro dele. Aquela visão acabou despertando sua curiosidade em saber como ela estaria. Será que já havia se casado? Afinal, as moças costumam se casar cedo.

Francisco acabou pegando no sono e, algumas horas depois, foi acordado por um dos empregados, que trouxe a notícia do falecimento de seu pai.

Ainda sem trocar a roupa da viagem, foi falar com sua mãe. Ela sequer deu-lhe tempo para cumprimentá-la.

— Fico feliz que tenha conseguido chegar a tempo para ouvir as últimas respirações de seu pai! Um dos empregados me informou que você esteve lá.

Naquele momento, já sem vontade de dar continuidade a uma conversa que não seria prazerosa para nenhum dos dois, Francisco apenas disse que trataria de todos os trâmites do funeral e que ela não precisaria se preocupar com nada.

— Eu precisarei das informações do jazigo da família e a lista de nomes de seus amigos para informá-los sobre o enterro. A Antônia foi avisada de que ele havia sido internado?

— Eu, particularmente, não gostaria que ele fosse enterrado no jazigo da minha família. Mas faça como quiser. De qualquer forma, eu não irei e a sua irmã não chegará a tempo, talvez, porque não queira mesmo vir. E, se ela não vier para o enterro do pai, dificilmente virá para o meu. Eu a entendo perfeitamente, por isso não a culpo.

Apesar de sua enorme curiosidade, Francisco conteve-se. Achou que não valeria a pena questionar os motivos da mãe. Não seria um bom momento. Ele sabia que seus pais não tinham um bom relacionamento, se é que tiveram algum dia. Além disso, alguma coisa poderia ter acontecido ali, durante o tempo em que esteve ausente.

"Talvez os empregados soubessem de algo. E que diferença faz? Ele já está morto mesmo!", pensou, assim que deixou o ambiente.

Seria uma cerimônia rápida, afinal, não haveria muitas pessoas para prestar as últimas homenagens. A grande maioria dos poucos amigos que seu pai tinha já deveria estar morta. Se é que teve algum.

Ao chegar a Alcântara, Francisco tinha planos de visitar alguns velhos amigos; depois mudou de ideia e não quis ver ninguém. Estava determinado a retornar logo após o cerimonial, até ser traído pelo desejo.

"Como estaria a Rosa?", pergunta que ia muito além de uma simples curiosidade. "Por que não a vir antes de eu retornar? É, e por que não?", perguntava-se, não contendo a curiosidade.

Francisco saiu em busca de informações sobre o paradeiro dela, mas tudo o que conseguiu saber foi sobre sua irmã que, até pouco tempo, ainda prestava serviços na casa de seus pais, mas não diariamente.

Ficou feliz em ver Maria no velório. Sua presença deu-lhe mais vontade de saber como estaria a Rosa... "Será que ela ainda continua bela? Será que já teria se casado? Será que já teria filhos?", perguntava-se.

Maria logo se apressou para dar-lhe os pêsames.

— Morrer faz parte da vida. Eu sei que estou sendo frio, Maria, mas todos nós passaremos por isso, alguns mais cedo, outros mais tarde — respondeu, agradecendo sem demonstrar muita tristeza.

Maria fez menção de ir embora, mas foi impedida por Francisco, que, cedendo à curiosidade, perguntou sobre Rosa.

— Ela está bem — respondeu Maria.

— Eu sei que você estava trabalhando lá em casa até pouco tempo — disse. Afirmação que lhe pareceu meio esquisita, porém, continuou: — Eu não sei por qual motivo você teria saído, talvez tenha sido por causa de minha mãe... Sabemos o quanto ela é difícil, porém, eu estava pensando em contratar a Rosa para cuidar dela. Saberia me dizer se ela aceitaria? Eu pagarei. Pagarei muito bem.

Ele sabia que era uma desculpa esfarrapada para conseguir o que queria.

"Por que a Rosa e por que não eu?", Maria se perguntava.

— Francisco, eu duvido muito que ela aceite, aliás, dificilmente ela concordaria, pois ela aceitou uma proposta de emprego muito boa, inclusive. Vai voltar a estudar, porém, um dos requisitos era ter que morar no emprego. De vez em quando nos vemos nos fins de semana. De qualquer forma, eu lhe darei o recado quando a vir. Caso você não ache outra pessoa, eu poderia cuidar de D. Bertolina, isto é, se você quiser, é claro! A propósito, eu deixei de trabalhar na casa de seus pais para cuidar de minha saúde.

São Luís, 1997

Logo após o funeral, Francisco se debruçou sobre as pastas e mais pastas de documentos da família. Quase não lhe sobrava tempo para sequer conversar com sua mãe, como se aquilo fosse importante para ambos. Os dias se passavam tão rápido e, ao mesmo tempo em que queria retornar logo para o Rio de Janeiro, desejava prolongar sua estadia em São Luís.

Pressionado pelo tempo, insuficiente para colocar todas as documentações em ordem e verificar a situação de cada empregado da residência, desistiu da ideia de procurar por um certo alguém. Deixou a cargo do destino.

Pegou-se rindo dele mesmo ao cogitar sobre o destino. Jamais acreditou naquilo. Mas nutria verdadeiramente a esperança de uma ajuda qualquer, até mesmo desse acaso.

Em uma de suas idas ao centro da cidade, a casualidade se fez presente.

Eles ficaram parados, frente a frente. As silenciosas trocas de olhares que diziam tudo, e foi quando ele tomou a iniciativa, interrompendo o silêncio do tudo.

— Você está bem?

— Viva e ainda neste lugar — respondeu Rosa, numa resposta seca e curta, demonstrando não querer dar muitas explicações. Mas, logo em seguida, mudou o tom de voz e, sem que ele esperasse, rapidamente fez-lhe uma pergunta: — Eu sinto muito por sua perda! Achou o tesouro que tanto procurava no escritório dele? Ou será que você o encontrou no Rio de Janeiro?

Naquele momento, Francisco teve a certeza de que chegou aos seus ouvidos as suas histórias naquela cidade.

— Não tive nenhum relacionamento sério, se é isso que você quer saber. Foram apenas companhias em momentos de solidão — afirmou ele, porém, mentindo para ambos. — Decerto já deve estar casada, não?

— Já estaria se não tivesse sido uma sonhadora e acreditado em uma promessa juvenil.

Francisco, egocêntrico, soube disfarçar muito bem a felicidade que sentiu, fazendo uma cara de quem não se lembrava de ter feito alguma promessa.

Depois das faíscas iniciais, voltaram a conversar como sempre faziam antigamente. Havia muita sinergia entre eles.

Demoraram para se darem conta de que caminhavam lado a lado em direção à casa das irmãs.

Não conseguindo se conter, ele a puxou de encontro ao seu corpo e a apertou entre seus braços com tanta intensidade... parecia tentar recuperar os anos de afastamento.

Rosa, sem a intenção de o repelir, se deixou envolver naquele abraço; afinal, sempre gostara dele, mas nunca admitiu.

Sabendo que Maria não estaria em casa naquele momento, permitiu sua entrada na casa. Daquela vez, Francisco pensou seriamente em compromisso, e juras de amor eterno foram feitas.

Ficaram deitados conversando sobre seus sonhos. Faziam planos para o futuro, e, daquela vez, estavam sendo traçados em conjunto.

Pediu-lhe que cuidasse de sua mãe até ser efetivado no escritório de advocacia onde fazia estágio. Quando fosse efetivado, voltaria para pegá-la.

Não querendo perder mais tempo, Francisco reúne todos os documentos em uma pasta e parte para o Rio de Janeiro, onde, com calma, daria a entrada no inventário após a organização de toda a papelada.

Em nenhum momento, Rosa contou à Maria o que havia acontecido entre eles.

As semanas passavam rápido. Talvez, para Francisco, fosse uma bênção. Quanto mais depressa o tempo passava, mais próxima ficava sua efetivação em um dos escritórios de advocacia mais conceituados da Cidade Maravilhosa. A mesma urgência tinha Rosa. Já fazia dois meses que Francisco havia partido e ele sequer respondeu a uma única carta enviada por ela.

Ao fim do terceiro mês, ainda sem respostas, Rosa, não querendo mais esperar por ninguém para ter seus sonhos realizados, passou os cuidados de D. Bertolina para Maria, dizendo estar arrependida por ter aceitado aquela responsabilidade, e partiu em busca do emprego anterior, valendo-se de que aquela família havia gostado muito dela, rezando para que eles reconsiderassem sua estúpida saída.

Rosa, sem mais esperanças, ainda assim, escreveu uma última carta.

⎯⎯⎯∞◎◉◎∞⎯⎯⎯

Ana deu entrada no hospital em emergência e, após os exames iniciais, foi logo transferida para um quarto. Francisco e Maria chegaram bem cedo no dia seguinte, porém, tiveram que esperar pelo horário certo para visitas. O médico já havia feito a ronda, mas deixou recado com a enfermeira, dizendo que voltaria para falar com os pais dela antes do término do horário de visitas.

— Ela tem reagido bem aos medicamentos. Esperamos que continue assim. A princípio, observamos que sua filha sofreu, em ambas as pernas, lesões de complexidades distintas. Na perna direita, ela teve uma fratura multifragmentar causada pelo impacto da batida do veículo contra seu corpo. Acredito que não ficará com sequelas. E, na perna esquerda, uma fratura em espiral, que é um tipo de fratura em que o osso sofre uma torção. São lesões esperadas em acidentes daquele tipo. A nossa preocupação maior tem sido com o impacto de sua cabeça contra o para-brisa do carro — disse o médico. E continuou: — Quando ela voltar para casa, se ela apresentar fortes dores de cabeça, retornem ao hospital.

Francisco balançava a cabeça em sinal negativo, querendo acreditar que nada daquilo tinha acontecido de verdade. A cada palavra proferida pelo médico, declarava-se duplamente culpado pelo sofrimento de todos naquele momento. Ana vivia fazendo planos e sempre demonstrou ter muita pressa em realizá-los, talvez porque pressentisse que algo poderia fazê-la parar a qualquer momento.

"Se, em vez de ter sido tão rígido e controlador, eu tivesse sido mais amigo dela e mais complacente, talvez aquele acidente pudesse ter sido evitado", pensou Francisco, sentindo-se arrependido.

Seu remorso, àquela hora, acabou ressuscitando velhos personagens, ainda não esquecidos. E foi quando se deu conta de que no livro da história de sua vida havia um capítulo do passado que pensou estar encerrado. Assim acreditava.

Madre Deus, São Luís (MA), 2016

— A sua mãe está fazendo um bordado muito especial para o couro do boi deste ano, na esperança de que você mude de ideia. Mas somente ela para dizer os detalhes. Seria uma surpresa. Aliás, você não ouviu nada de mim. Eu também gostaria que você reconsiderasse. De qualquer forma, nós o apoiaremos em todas as suas decisões.

Edésio, aparentemente, mostrava-se um pouco mais animado. Entretanto, somente aqueles mais próximos sabiam o quanto ele tentava se mostrar forte.

O rapaz, outrora falante, após ter sido escorraçado pelo pai de Ana, calou-se para todos. Seus pais sofreram tanto quanto ele. Aquela casa, outrora falante, agora, sem as conversas do rapaz, parecia sem vida. E, durante esse isolamento, sem perceber, permitiu a aproximação de Maria Cecília, uma linda jovem, recém-chegada à cidade.

Talvez, a aproximação de Edésio e de Maria Cecília tenha acontecido porque ambos estavam fragilizados emocionalmente.

Enquanto alguns apostavam no início de um namoro, outros diziam que era apenas o início de uma grande amizade.

Mas, para seus pais, aquela aproximação seria apenas um disfarce, quiçá, a única saída encontrada para evitar a pressão sobre ele com relação àquele incidente do passado.

Maria Cecília já fazia parte de um grupo de Bumba Meu Boi em Parintins. Assim que ela e seu pai terminaram a arrumação da nova casa, a jovem saiu em busca de informações pelas redondezas do bairro da Madre Deus, até chegar ao grupo "Eita, Boi Arretado!".

Edésio e a jovem tinham uma coisa em comum: gostavam das tradições juninas.

Ela fazia de tudo um pouco. A arte de bordar e costurar foi ensinada por sua mãe. Mas o aprendizado estava ao alcance de todas as mulheres da comunidade perto de onde morava. Aquelas que quisessem aprender a dominar a arte nos tecidos, bem como aprender a usar as cores de forma harmônica, encontravam as portas abertas para o conhecimento.

Além desses trabalhos manuais, dos quais gostava muito, Maria Cecília era uma jovem muito estudiosa e com grandes chances de um futuro brilhante. Seu pai a incentivava ao estudo para prestar concurso público, alegando que estabilidade no trabalho lhe garantiria a segurança; porém, a jovem já traçava seus próprios planos.

Embora ela tivesse certeza de que Edésio não nutria por ela o mesmo interesse que ela começou a ter por ele, sentia-se muito grata pela companhia do rapaz.

Ela cresceu ouvindo a avó e outras mulheres falarem a respeito do amor. Elas diziam que o tal sentimento vinha com o tempo. "As esposas, ao darem atenção aos maridos, além de serem prendadas e boas mães, receberiam o prêmio máximo: o tal amor." E para aquelas que acreditavam naquilo como uma regra, feito toda regra, havia exceções.

Maria Cecília deixou seus planos de lado e se permitiu acreditar nas tradições do passado. Abriu seu coração na esperança de que o rapaz pudesse vir a gostar dela de verdade. Entretanto, ela não sabia sobre a existência de Ana. Na verdade, ninguém sabia além dos pais dele e, por incrível que pareça, João Miguel, inimigo não declarado de Edésio, tinha suas suspeitas.

Ele sabia que não seria correto dar falsas esperanças a ela, mas ele era um ser humano tentando se salvar de toda aquela solidão interior. Assim, poderia apagar de vez aquele sentimento de rejeição e esqueceria as palavras proferidas a ele. Só assim conseguiria seguir em frente, mesmo fazendo de conta de que nada daquilo havia acontecido.

Edésio deu espaço ao seu lado egoísta e permitiu que a jovem se iludisse, esquecendo seus antigos objetivos e traçando, cegamente, novos planos incertos.

Eles formavam um casal bonito. Eram jovens, possuíam o suave e o vigoroso frescor da juventude, riam juntos de algumas situações engraçadas e passaram a compartilhar muitos momentos felizes.

Porém, quando a tristeza chegava, percebendo que não seria passageira e que seria difícil disfarçá-la, Edésio, não se permitindo chorar, em algum lugar dentro dele, se recolhia e evitava conversar sobre o assunto com ela.

Somente confiava em seu caderno de poemas. Mas nada como o tempo para curar cicatrizes.

<hr>

— Eu não vou te dar alta ainda, pois você está com um inchaço no lado direito da cabeça. Sei que já está agoniada, porém, o seu caso ainda inspira alguns cuidados e observações.

Além desse inchaço, você teve lesões nas duas pernas e elas se consolidarão. Você é jovem, o que contribui significativamente para uma rápida recuperação — em um tom de voz suave, o médico assegurou que ela teria uma excelente melhora.

Apesar do trauma gerado pelo acidente, ele recomendou que ela se mantivesse otimista, pois qualquer pensamento negativo, o que seria muito difícil evitar, dadas as suas condições naquele momento, poderia diminuir ou até mesmo implicar seriamente o tempo de uma reabilitação.

Ana, sem conseguir disfarçar seu medo, algo supernatural em qualquer jovem, perguntou-lhe:

— Eu vou voltar a andar como antes, doutor?

Achando graça em sua pergunta, pois as lesões sofridas, em nada implicariam a perda dos movimentos, ele não riu, apenas disse:

— Sim, mas tenha paciência com você mesma!

Ele não estava errado na primeira impressão que teve de seus pais: a superproteção que, em alguns casos, prejudica mais do que beneficia. Talvez aquele incidente tenha acontecido por causa do medo da perda; sentimento que, não sabendo lidar com ele, pode produzir efeitos contrários indesejados.

Mal o médico havia saído, Ana entristeceu-se ao se lembrar da proximidade dos festejos. Mais uma vez os perderia.

Nem seu próprio aniversário, celebrado no mês de maio, ganhava daquela festa popular.

"Será mais um ano em preto e branco", pensou.

E viva as amizades! Uma das melhores coisas da vida.

E assim, suas amigas se revezaram para que ela tivesse sempre uma pessoa diferente com quem conversar. Elas tentavam trazer alegria, mas, de vez em quando, uma e outra acabavam ficando sem jeito quando, sem perceberem, abordavam assuntos do cotidiano... coisas que Ana não poderia fazer tão cedo.

Maria, sempre muito otimista, procurava forças em suas orações:

— Às vezes, o milagre está dentro de nós mesmos e é de lá que vem a necessidade para arranjarmos motivos pra continuarmos seguindo em frente e sempre acreditando que tudo pode ser mudado se tivermos fé — terminava as suas orações sempre pedindo proteção à filha.

Seu pai entrava mudo, beijava-lhe a cabeça e aproveitava a presença de suas amigas para não se estender, usando como desculpa o curto horário para visitas, e saía mais calado do que quando entrara.

Quando se deram conta, naquele ano, Ana completaria 18 anos. Tudo o que ela não queria era passar aquela data dentro de um hospital.

Francisco não fazia ideia de que sua irmã viria a São Luís para uma visita surpresa e, para seu desespero, celebrar o aniversário da sobrinha. Seria a primeira vez em que Antônia viria para ficar duas semanas inteiras e foi Maria quem a informou sobre o ocorrido logo quando chegou. Assim, ela foi direto para o hospital. Quando a viu, Francisco tentou se mostrar forte, mas acabou se deixando desabar dentro do abraço da irmã e, somente após ter chorado muito, confessou ter sido o responsável por aquele acidente.

— Eu poderia ter evitado — disse à irmã.

Depois, pediu perdão por não a ter comunicado até aquele momento. Sentia-se envergonhado.

Antônia, quando soube de mais detalhes, desesperada, pôs as mãos na cabeça. Não conseguiu disfarçar a tristeza e seu desapontamento. Após muitas tentativas para ficar a sós com o irmão, a oportunidade surgiu quando foi liberada a visita aos pacientes. Enquanto Maria estava no quarto com Ana, aproveitou aquele momento para conversar com o irmão que, àquela altura, já se encontrava mais calmo.

Não conseguindo segurar as lágrimas, sentiu-se na obrigação de questioná-lo.

— Eu estou muito preocupada com a maneira como você cuida de sua família, com o jeito como conduz a vida de todos em sua casa e, principalmente, com o seu excesso de controle sobre a Ana. O que te faz ser assim? Deve existir um motivo para isso... Alguma coisa que você não queira que saibamos...

Francisco não conseguiu fugir daquela conversa, porém, manteve-se fechado e calado, não respondendo a nenhuma pergunta feita pela irmã.

— Ela é uma jovem, meu irmão. O medo que você tem, sabe-se lá de quê, tem sido uma punição para ela. Você não consegue enxergar isso? O que você espera ganhar guardando mágoas e rancores, talvez do passado, seja lá quais são? De qualquer forma, são assuntos que, caso você ainda possa resolver, reveja-os, caso contrário, esqueça-os! Perdoe-os! Nós já fomos jovens, tivemos nossas oportunidades de estudo, de sair, de conhecer novas pessoas, de namorarmos quem nós quisemos, enfim, nós tivemos todas as oportunidades e liberdades da vida. Você se esqueceu disso?

Ele a interrompeu, dizendo que aquele assunto não lhe dizia respeito. A família era dele, portanto, suas ordens e suas regras.

— Aí que você se engana, meu irmão. Eu faço parte dessa família também. Não me exclua! Eu sei muito mais do que você imagina.

Percebendo que Maria vinha caminhado em sua direção, Francisco simula uma tosse, dando fim àquela conversa.

A conversa que os irmãos tiveram no hospital reabriu feridas que até então Francisco julgava estarem curadas, porém, aquelas lembranças do passado romperam cicatrizes, revelando que a vida sempre foi feita de escolhas.

Lá estava o passado rondando Francisco.

Rio de Janeiro, agosto de 1997

Após o velório de seu pai, Francisco retornou para o Rio de Janeiro e, embora ainda não tivesse desfeito a mala, apresentou-se no escritório onde estagiava, na manhã do mesmo dia em que havia chegado à cidade. Foi recebido calorosamente por todos e seu chefe, muito eufórico, comunicou-lhe sobre sua efetivação, dizendo que ele passou a fazer parte da equipe de um dos escritórios de advocacia mais cobiçados pelos futuros advogados daquela cidade maravilhosa. Aquela informação não era surpresa para ninguém, pois seu desempenho havia chamado a atenção de um dos mais conceituados advogados daquela capital, tanto que o valor do salário que já vinha recebendo nunca foi igual ao de um estagiário.

Seu chefe fez questão de acompanhá-lo até sua nova sala, cuja placa na porta de madeira nobre já tinha até seu nome gravado. Tão logo acabaram as felicitações, Francisco sentou-se em sua nova cadeira, tocou nos objetos de decoração em cima da mesa, abriu as gavetas vazias e, pensativamente, fechou cada uma vagarosamente. As obras de arte nas paredes chamaram sua atenção, pois, além de não serem de seu gosto, nem saberia dizer a autoria delas. Algo o incomodou. Recostou-se na cadeira, fechou os olhos e pensou nela.

Desde sua partida de São Luís, ele não havia parado de pensar em Rosa e em nenhum momento mostrou-se arrependido por ter mentido.

Estava dividido. Eram duas mulheres completamente diferentes, mas teria que escolher apenas uma.

O excesso de trabalho e a ambição para ganhar mais fizeram com que ele pensasse cada vez menos nela. Os dias foram passando, bem como os meses.

Quando a empolgação da efetivação no escritório havia passado, assim como o júbilo pela nova sala, Francisco, agora um advogado bem-conceituado, finalmente, conseguiu enxergar o controle que Rachel, sua noiva, exercia sobre ele e sobre o pai dela, seu futuro sogro.

Quando voltara de São Luís, o comportamento dela chamara-lhe a atenção, pois ela sequer quis saber como tinha sido a viagem a sua terra natal, o velório, como estava sua mãe... nada. Simplesmente não perguntou absolutamente nada.

Durante um jantar na casa dos pais dela, Dr. Marcus os pressionou para que oficializassem logo aquela união e, não conseguindo manter mais sigilo sobre a surpresa, durante a degustação de um licor, entregou a Francisco um envelope com a escritura e as chaves de um luxuosíssimo apartamento, no bairro de Ipanema, para o casal. Lugar escolhido por Rachel.

—◦◦◎◉◎◦◦—

Tinha sido um dia muito cansativo. Francisco estava cuidando de um processo judicial que, caso vencesse, ganharia muito dinheiro. Estava tão exausto que acabou dormindo em sua confortável poltrona por algumas horas e, quando acordou, já havia passado do horário do expediente. Até mesmo seu chefe não costumava ficar até aquela hora.

Quando pensou ser o único ali, ouviu vozes.

Sem intenção de escutar a conversa entre Dr. Marcus e Dr. Carlos e, sem saber o fazer, acabou ficando com medo de sair da sala naquele momento. Entre o certo e o errado, por medo, acabou optando pelo errado.

Dr. Carlos era seu chefe. Sua efetivação naquele escritório havia sido solicitada por Dr. Marcus, atendendo aos caprichos da filha.

— Meu caro amigo. Pensei que tivesse se esquecido do nosso jantar.

— Um advogado esquecido é um advogado fracassado e você sabe que eu sou um homem de sucesso. Como vão as coisas? E meu futuro genro?

— Ele é um rapaz muito promissor. Ele é muito bom na profissão que escolheu e me faz lembrar alguém no início de sua carreira.

— Muito parecido comigo, não é? E eu não sei disso? Ele ainda está aí?

— Não. Parece que saiu cedo hoje. Geralmente ele fica datilografando até as 20 horas. Acredito que esteja muito cansado, pois ele tem uma causa muito difícil e se vencer... meu amigo, você vai ganhar muito dinheiro.

— Carlos, finalmente vou poder fazer a viagem dos meus sonhos. Merecidamente. E acho que vou aproveitar para me aposentar.

— Mas quem irá comandar todos os seus escritórios? Você ainda não acha muito cedo para parar?

Dr. Marcus tranquilizou o amigo ao dizer que sua filha e seu futuro genro dariam continuidade a tudo, bem como ao seu legado.

Ele comentou também que a chegada de Francisco e o relacionamento deles foram um presente, pois não via a hora de sua filha criar juízo e parar com as diversões. Sentia-se grato pela chegada de Francisco e reconheceu que, daquela vez, a filha havia escolhido muito bem, porém, conhecendo a filha melhor do que ninguém, ainda tinha um pouco de dúvidas se Rachel gostava realmente dele ou se seria mais um de seus troféus. Ele sabia que ela era impossível, geniosa, autoritária, mimada, mas era sua filha.

— Mas se minha filha realmente gosta dele, poderei ficar tranquilo durante a minha viagem de comemoração. Eu sei, eu sei que será uma aposentadoria precoce, mas eu não via a hora de parar e fazer uma viagem pela Europa sem data para retornar. Está saindo melhor do que eu havia planejado. O escritório ficará em boas mãos, mas conto com você, hein? Qualquer coisa que fuja ao controle, avise-me!

Francisco, com medo de fazer algum som, feito uma estátua, imóvel permaneceu. Ele queria que aquela conversa acabasse o mais rápido possível e que eles deixassem o escritório para que conseguisse, finalmente, voltar a respirar, pois até isso ele tentava não fazer, não por medo, porém, pela raiva que estava sentindo.

Foi somente naquele momento que se deu conta de que estava sufocado pelo controle de Rachel e sentiu raiva, muita raiva de si mesmo. Aquela conversa abriu seus olhos para o futuro que estava sendo traçado para ele sem seu consentimento.

Finalmente ouviu o bater e, logo em seguida, o som da chave trancando a porta. Esperou alguns segundos e, quando teve certeza de que estava sozinho, rapidamente vasculhou dentro de sua pasta pelo molho de chaves reserva e não o encontrou. Com as mãos trêmulas, abriu todas as gavetas quase que simultaneamente. Também não estava lá. Ele nunca saía por último do escritório. Logo sentiu desespero só de pensar que teria que passar a noite ali dentro. Rachel, com certeza, ligaria para seu chefe, que ligaria para Dr. Marcus e eles saberiam que a conversa havia sido ouvida.

Recostou-se na cadeira para pensar com calma numa saída daquela situação. Quem daquele escritório, que fosse de confiança dele, poderia ter também uma cópia da chave? Desolado, olhou para o paletó pendurado há dias no cabideiro. Não acreditou que pudesse estar dentro de um de seus bolsos, mas, àquela altura dos acontecimentos, quem sabe?

Durante uma fração de segundos, sentiu toda a felicidade do mundo ao ouvir o som... Colocou a mão dentro do bolso daquela vestimenta e tirou sua liberdade. Porém, não demorou muito para voltar a sentir raiva, muita raiva.

— Como fui burro! Como não me dei conta de que eu estava sendo conveniente para eles?

Francisco não desgostava de Rachel, afinal, já estavam juntos por um tempo considerável, mas também não a amava o suficiente para constituir uma família com ela.

Ele estava sendo visto como trouxa. Aquela efetivação foi uma mera conveniência para dar continuidade ao legado de alguém e, quando se deu conta de que tinha deixado uma pessoa muito importante para trás, porque permitiu que seu ego falasse mais alto, decidiu dar um basta naquela situação o mais rápido que pudesse.

Após três meses de efetivado naquele escritório, tomou coragem e garantiu que terminaria aquele relacionamento.

Informou ao Sr. Pedro, locatário do *flat* onde morava, sobre suas mudanças de planos e solicitou a rescisão do contrato de locação.

— Eu também não resistiria àquele luxuoso apartamento em Ipanema... A sua noiva me mostrou a foto e eu já sabia que vocês sairiam daqui o mais breve possível.

Francisco, sem palavras, optou em não desmentir sobre a mudança para o luxuoso imóvel. Pensou que seria melhor retirar suas coisas, fazendo de conta que seguia os planos de Rachel.

— Amanhã virei para retirar os meus pertences e encerraremos o contrato. Porém, minha noiva precisará de mais algum tempo para retirar seus objetos pessoais. E assim que ela o fizer, entregará as chaves ao senhor.

— Mas ela já encerrou o contrato e hoje bem cedo retirou todos os seus pertences, os seus e os dela — disse a Francisco, com um semblante de quem não estava entendendo coisa alguma.

— Acho que ela me faria uma surpresa, então — mentiu Francisco ao porteiro, tentando disfarçar aquela situação. — Não comente com ela, então! Deixe que pense que não sei de nada! — solicitou Francisco.

Sem absolutamente nada, somente com as roupas do corpo, Francisco alugou um pequeno apartamento, no centro da cidade, onde ficaria o tempo necessário até encerrar todos os processos que estavam sob seus cuidados. Decidiu que retornaria a São Luís até o fim de março, no mais tardar, abril do ano seguinte. Seria impossível concluir todos os processos antes das festas de final de ano e ainda ficaria preso a eles durante o início do próximo ano.

Precisava pensar em seu próximo passo. Falaria primeiro com Rachel ou com seu pai?

De qualquer forma, assim que tudo estivesse resolvido ou pelo menos, bem encaminhado, agradeceria ao Dr. Carlos pelas oportunidades de aprendizado e de emprego.

Francisco se sentiu leviano ao se lembrar que mentira para Rosa.

Sim. O comentário que ela tinha ouvido, aquele sobre ele estar noivo de uma colega de faculdade, era verdadeiro. Francisco sabia que tinha sido mau caráter e egoísta com ambas as mulheres e sabia, também, que havia chegado o momento da escolha: o amor do passado ou o amor do presente, este, que lhe traria fama, dinheiro e poder.

Apesar de não ser, também, um homem de muitos valores humanos, ainda assim, não teve dificudades em se decidir. Achou melhor falar primeiro com Raquel e, somente depois, falaria com seu pai, Dr. Marcus, não por respeito, mas por sua honra ferida.

Escolheu o escritório onde trabalhava para ter aquela conversa, pois tinha certeza de que não haveria ninguém lá naquele dia. Acreditou que seria mais seguro, pois não sabia qual seria a reação de Raquel após a comunicação do fim daquele relacionamento.

Francisco começou seu discurso dizendo que entenderia caso ela não quisesse mais falar com ele, bem como sua família.

Rachel aparentou ser fortaleza e calmaria durante as palavras de Francisco que, após ter dito tudo aquilo que julgava pertinente, pontuando os pontos fortes e fracos daquela relação, não esperava ser apresentado, da maneira como foi, à outra personalidade da noiva que desconhecia. Completamente diferente da pessoa com a qual ele havia iniciado um relacionamento.

Da fortaleza à fraqueza, da calmaria à tormenta. Totalmente transtornada, disse aos berros:

— VOCÊ SABE COM QUEM ESTÁ FALANDO? — perguntou-lhe, ao mesmo tempo em que atirava nele todos os pequenos objetos que via a sua frente.

A primeira coisa a ser arremessada foi o grande cinzeiro de cristal, presente de seu pai para Dr. Carlos, pelos 25 anos de parceria. Depois, arrancou o telefone do fio e o jogou contra Francisco, que conseguiu se esquivar a tempo. Logo em seguida, foi a vez do grampeador e, com muita sorte dele, também conseguiu escapar; porém, o objeto acabou fazendo um furo na parede do escritório, tamanha a força com que foi arremessado.

Ainda na sequência de fúria, em um ato infantil, foi jogando ao chão todas as pastas com os processos que estavam sobre as mesas.

Rachel teve vontade de sair correndo dali para que ele não a visse chorar, mas acabou se deixando cair de joelhos no chão e começou a chorar ali mesmo.

Naquele momento, Francisco mostrou-se irredutível e firme. Ele já não acreditava mais em ninguém depois da conversa ouvida entre o pai dela e seu chefe.

De longe, mudo e imóvel, ficou observando-a, e foi quando Rachel rompeu aquele silêncio, como se nada tivesse acontecido.

— Eu te compreendo — disse-lhe, com uma voz doce, aveludada e calma, enquanto se levantava do chão. Logo em seguida, desejou-lhe sorte.

Francisco ficou surpreso.

"Calmaria, depois de toda aquela fúria? Assim, como se nada tivesse acontecido?", perguntava-se, suspeitando de algo ruim a caminho.

Em se tratando de Rachel, com certeza, seu ato de vingança ainda estaria por vir e não tardou muito.

Ela ajeitou as roupas, com os dedos ajeitou os cabelos, refez o coque e, logo em seguida, pegou sua bolsa de grife francesa e a pôs no antebraço. Respirou fundo e, antes de chegar perto da porta de saída, virou-se para ele e disse:

— Eu sabia que você tinha alguém em sua cidade natal. Porém, acreditei que você escolheria a mim, Francisco. O nome dela é Rosa, não?

Por um instante, ele ficou sem entender como ela sabia da existência de Rosa.

E, antes de atravessar o portal, virou-se mais uma vez para ele.

— Não deixe de pegar uma caixa rosa, cor escolhida propositalmente, que está na última gaveta do seu armário! Dentro dela, você encontrará as correspondências dela para você. Como você foi ingênuo ao dar o endereço do trabalho... Seu tolo! Dr. Carlos é um grande amigo de meu pai. Sabendo que você não foi honesto comigo, por que eu seria com você?

Com um sorriso irônico, Rachel partiu, sentindo-se vitoriosa. Não precisava olhar para trás para ver que o arruinara, mas ainda assim quis ter certeza.

Após a saída de Rachel, Francisco, ainda incrédulo, parecia que tinha sido nocauteado. De repente, suas pernas ficaram fracas e seus braços, sem forças. Precisou de alguns minutos para se recompor e, quando voltou a si, viu a bagunça que ela tinha feito. Ainda lhe restava respeito e hombridade. Pegou todas as pastas dos processos que haviam sido jogadas ao chão e as recolocou em suas devidas mesas. Afinal, seus colegas advogados não tinham culpa. E tudo aquilo que havia sido quebrado, infelizmente, não teria como consertar, mas ainda assim, os recolocou em seus lugares de origem. Deixaria as explicações para Dr. Marcus fazer, uma vez que teria sido a sua filha a causadora daquela desordem.

Quando achou que tudo estava mais ou menos em ordem, saiu feito um louco em direção ao antigo *flat* onde moravam. Estava meio sem paciência para explicar o porquê do pedido das chaves do antigo apartamento e tentou, ele mesmo, pegá-las do escaninho, sendo barrado pelo porteiro. Estava tão atormentado que nem o ouviu dizer que já tinha vindo uma pretendente com intenção de alugar e que o imóvel já estaria reservado, limpo e higienizado para a futura locadora.

— Mas eu preciso pegar algo que ficou dentro do armário — disse Francisco, sem dizer o que era e onde estaria. Eu preciso voltar lá! — disse, impaciente, em um tom mais agressivo.

O porteiro pediu que aguardasse, entrou em outro cômodo e ligou às pressas para o locador.

— Sim, senhor! Sim, eu limpei tudo e verifiquei todos os armários. Está bem, senhor. Eu vou acompanhá-lo durante a sua procura. Não. Ele não disse o que está procurando.

Voltou com as chaves em mãos e disse a Francisco que abriria o apartamento para que ele pegasse o que havia sido esquecido.

— Senhor, fui eu quem fez o cheque de abandono desse apartamento e fui eu quem fez a limpeza. Eu olhei compartimento por compartimento, gaveta por gaveta e posso garantir ao senhor que não havia nada, nenhum pertence pessoal — disse o porteiro, enquanto o demorado elevador parecia levar uma eternidade para chegar ao andar do apartamento.

Tão logo o porteiro destrancou a porta, Francisco, sem nenhuma gentileza naquele momento, o empurrou para o lado, forçando a passagem para o caminho até o quarto.

Quando o zelador chegou até aquele cômodo, Francisco já tinha aberto as portas do armário. Imóvel, olhando o gaveteiro permaneceu. Se ele tivesse olhado para o rosto do funcionário, teria visto o sorriso em seus lábios e o balançar negativo que fazia com a cabeça, ratificando que ele estava certo de que não tinha nada ali.

Vagarosamente, Francisco puxou a última gaveta e lá estava ela, a caixa rosa, conforme a descrição de Rachel.

O porteiro pôs a mão na cabeça e a coçou, tentando entender como aquele objeto fora parar ali.

— Ma... ma... Mas, senhor, não tinha nada aí dentro. Eu juro — gaguejando, disse, saindo às pressas para relatar o ocorrido ao locador, deixando Francisco sozinho.

Ao tomar nas mãos a pequena caixa de papelão, exatamente conforme ela havia descrito, sentiu um calafrio.

Respirou fundo e a abriu. Dentro dela, reunidas e presas por um elástico de borracha amarelo e endereçadas a ele, encontravam-se várias correspondências de Rosa, as cartas que não mentem. Verificou, minuciosamente, cada uma e constatou que todas permaneciam, aparentemente, fechadas e sem sinal de violação.

"O que estaria escrito nelas?", pensou Francisco.

Sempre muito metódico, apesar de colocar todas as cartas por ordem da data de postagem, não conseguiu iniciar a leitura pela ordem cronológica e começou pela última.

Tão logo acabou de ler, recolocou-a de volta e deixou o imóvel sem fechar a porta.

Entrou no elevador da eternidade, cujos segundos de tempo de descida pareciam horas, dias, meses e anos. Quando Francisco passou pelo *lobby* da portaria, não percebeu que o recém-contratado porteiro estava sendo interrogado.

— Uma senhora jovem, muito bem-vestida, veio olhar o apartamento enquanto o senhor estava no almoço. Ela parecia conhecer muito bem o prédio. Eu lhe dei a chave do apartamento, mas ela não demorou muito tempo lá em cima.

O porteiro mais experiente desviou o olhar do novato e observou Francisco atravessando o *hall* em direção à saída.

— Senhor! Senhor, Francisco! — chamou por ele, mas sem sucesso. Ao ver a tristeza em seu rosto, deixou que partisse sem nada perguntar.

Assim que deixou o prédio, procurou um lugar calmo e silencioso e, num banco de uma pequena praça deserta, deixou cair suas lágrimas de arrependimento.

Ele era o tipo de homem que respeitava os pedidos pessoais, porém, aquele que se encontrava naquela última correspondência seria sua primeira exceção.

São Luís, 10 de novembro de 1997

FRANCISCO,

 O não responder as minhas cartas já seria a sua resposta.
 Eu sabia que seria difícil para você me aceitar, pois existem diversos abismos entre nós. Estou muito aquém de seu nível de evolução cultural e social e, mesmo que eu estude, haverá sempre, por parte de sua família ou, até mesmo de seus amigos, aversões a mim.
 A maneira como sua mãe abominava uma união familiar com serviçais, fato que eu não posso afirmar com certeza, mas que seu pai também pensava o mesmo, pois ele aparentava ser uma pessoa diferente quando não estava em companhia dela.
 Desculpe-me. Às vezes, era impossível não ouvir suas conversas. Eu não entendia o porquê de seu pai usar um tom de voz numa altura para que todos os empregados escutassem suas conversas quando concordava com as opiniões e julgamentos de sua mãe. Eles sabiam de nossa proximidade e, talvez, fizessem aquilo para mexer com o orgulho que eu ainda tinha. Assim, lembravam-me a todo instante das minhas origens, fazendo com que eu me afastasse de você, evitando assim uma desagradável união no futuro.
 De qualquer forma, eu acredito que você se incomodaria com as palavras conotativas que seriam ditas sobre mim.

"Casou-se com uma empregada", "A mãe dela também era uma empregada da casa bem como sua irmã".

Após o velório de seu pai, em um momento de nostalgia ou talvez de fraqueza, deixei-me envolver por você mais uma vez, porém, percebi que algumas pessoas não mudam.

Não me sinto mais obrigada a lhe dar satisfações, entretanto, quero deixar você ciente de que fiz a minha escolha de forma madura e consciente, pois não gostaria que você viesse me perturbar em meu novo lar, caso mude de ideia.

Se eu não tive coragem de contar a minha querida irmã sobre a gravidez, motivo que me fez mudar às pressas de cidade, agora tenho menos ainda, pois eu perdi a criança num aborto espontâneo.

É isso mesmo que você acabou de ler: não estou mais esperando um filho seu. O seu silêncio talvez tenha contribuído para a interrupção da gestação, bem como a minha depressão e instabilidade emocional. Aguardei em vão por seu posicionamento. Naquela época, com quase três meses, já estava ficando muito difícil escondê-la de todos, mas ainda assim, consegui.

Precisava, desesperadamente, de uma resposta sua que nunca vinha. Então, na época, aceitei o pedido do neto da senhora de quem eu cuidava, um rapaz que conheci no trabalho. Ele prometeu que cuidaria de mim e do nosso bebê como se fosse filho dele. Continuamos juntos apesar de não estar mais grávida; talvez seja por consideração. O amor, acredito que poderá vir com o tempo.

Portanto, não tenho mais necessidade de uma resposta sua e, muito menos, temos motivos para cogitar qualquer união no futuro.

Não te quero mal, Francisco. Acredite! Mas, por favor, não me procure mais.

ROSA

Dr. Marcus ficou sabendo do incidente por intermédio do Dr. Carlos. Ele sabia que o comportamento da filha, mais cedo ou mais tarde, seria revelado. Então, chamou Francisco para uma conversa.

A bem da verdade, ele se sentia culpado e, ao mesmo tempo, lamentava-se pelo excesso de proteção dada a ela. Tudo que ela fazia de errado, a esposa e ele a protegiam de seus desacertos. A não repreensão pelos seus atos davam a entender que concordavam com eles.

Aquele episódio o fez lembrar de uma conversa entre amigos, quando ele chegou a cogitar que Francisco pudesse dar um jeito em Rachel.

— Quem sabe o impossível passa a ser possível? — perguntou, virando-se para os amigos que o acompanharam em demoradas gargalhadas.

E continuou instigando a curiosidade deles, daquela vez com uma aposta.

— Vamos ver por quanto tempo ele suportará minha filha, ou melhor, por quanto tempo Rachel conseguirá enganá-lo. Alguém mais quer entrar na aposta? Alguém quer aumentar o valor?

Interrompeu sua volta ao passado e, por alguns segundos, esbravejou por ter sido tão ingênuo na leitura que fez do ex-futuro genro. Dr. Marcus chegou a acreditar que a filha conseguiria levá-lo ao altar antes de mostrar sua verdadeira personalidade. A alta soma de dinheiro que ele havia colocado naquela aposta era uma quantia cuja perda financeira seria ínfima comparada ao vexame que passaria diante de seus amigos. E tudo corria bem até Francisco se deparar com o verdadeiro temperamento de Rachel.

Assim que chegou ao local combinado, um luxuosíssimo restaurante na Lagoa, Francisco foi acompanhado pelo *maître* até a mesa onde Dr. Marcus já se encontrava sentado, pensativo, movimentando com o dedo, o gelo no copo de whisky.

Francisco não tinha intenção de se demorar, tanto que não se sentou, apesar do convite gestual feito por ele, que foi logo se desculpando pela interceptação de suas correspondências, dizendo, veementemente, que não concordava com aquela atitude da filha, porém, seria compreensivo em se tratando de uma mulher apaixonada e ciumenta.

Ainda sem dar chances para que Francisco falasse, tentou convencê-lo a repensar e ficar para as festas de fim de ano em companhia de sua família. Não escondeu que ainda via uma possibilidade naquela união.

— Será de muito bom grado para mim! E você é mais que bem-vindo à família — disse.

Francisco quase revelou ter ouvido a conversa entre ele e o Dr. Carlos mas, receoso de como ele receberia essa informação, achou melhor ficar quieto.

— Francisco, eu acredito que a maioria dos homens possui um passado. Eu tenho, meu pai teve; acredito que o seu pai também possa ter tido e agora você… descobrindo o seu. Eu tenho certeza de que a minha filha suportaria a ideia de ter um enteado bastardo, desde que você dê um filho a ela também.

Eu até aceitaria ser chamado de avô por ele. E por que não? Pense bem, Francisco! Tire alguns dias de folga! Assim, você poderá refletir antes de tomar uma decisão da qual poderá se arrepender mais tarde. É a sua vida profissional em jogo. Espero que você leve isso em consideração.

Naquele exato momento, Francisco teve a certeza de que pelo menos uma de suas correspondências havia sido violada por aquele inescrupuloso e sua filha. Não queria acreditar naquilo que acabara de ouvir, bem como não conseguia frear seus pensamentos. Logo pensou em seu pai, em sua mãe, em seu avô Queiroz, nas palavras escritas por Rosa... e foi quando percebeu que fora manipulado a sua vida inteira. E, se continuasse ali, continuaria sendo manipulado. Não. Ele não tinha a mesma índole deles.

O *maître*, vendo que seu cliente especial se encontrava em um momento constrangedor, ordena aos garçons para que fizessem o redirecionamento dos clientes para mesas mais distantes. Pediu a um outro que fosse até a mesa cativa de Dr. Marcus para perguntar-lhe se queria uma nova bebida.

Aproveitando aquela interrupção, ele faz sinal mais uma vez para que Francisco se sentasse, assim, poderiam continuar aquela conversa de outra maneira, pois já estavam chamando a atenção de pessoas conhecidas. Imagine o constrangimento no rosto daquele ardiloso advogado que se achava o dono do mundo.

— Agora conhecendo melhor o senhor e a sua filha, digo-lhe que jamais terei um filho com Rachel porque jamais me casarei com ela. Vocês são o tipo de pessoas que sempre recriminei desde quando eu era criança, mas infelizmente, por onde quer que eu vá, irei sempre me deparar com gente assim:

inescrupulosa, mentirosa, enganadora. Mas reter e violar as minhas correspondências foram a gota d'água, uma atitude imperdoável, principalmente vindo de pessoas que se dizem ilustres, bem-conceituadas. Na verdade, dizem ter o que não têm de fato: compostura, ética, educação. Você e sua filha são unha e carne, farinha do mesmo saco, somente enxergam o que é conveniente para vocês e passam por cima de todos, tripudiam dos serviçais em prol de seus propósitos egocêntricos.

— Quem você pensa que é, seu insolente? Eu te dei uma oportunidade de ouro. Muitos invejariam a chance que eu te dei e lamberiam meus pés por ela. Eu não sei se você foi ingênuo ou burro, mas de qualquer forma, foi uma idiotice ter dado o endereço de um dos meus escritórios para troca de correspondência com sua amante — gritou Dr. Marcus, perdendo de vez a compostura ao bater, com raiva, a mão em cima da mesa. Àquela altura, não mais se importando em chamar a atenção de todos ali presentes.

Logo em seguida, aos berros e batendo fortemente em seu próprio peito, deu continuidade àquela argumentação.

— Fui eu. Fui eu quem deu as ordens para reter todas as suas correspondências. Dr. Carlos não poderia fazer absolutamente nada. Meu escritório, minhas regras. Se trabalha para mim, fidelidade total. Agora, quem não quer trabalhar para mim, não trabalhará para mais ninguém. E digo mais, meu caro aspirante, não apenas em meus escritórios, mas em todo o Rio de Janeiro, você jamais irá advogar.

Naquele momento, Francisco viu que não teria como discutir com aquele homem. Dr. Marcus não só estava fora de si, como também, havia perdido a compostura tal qual a filha. Fixar residência naquela cidade seria um tormento. Pensar na ideia de que seria vigiado, perseguido ou até mesmo ameaçado causou-lhe medo e, apesar dos pesares, ficou grato por ter enxergado a tempo. Caso tivesse feito parte daquela família, receberia uma coleira e teria uma vida de pura ilusão.

Francisco deu-lhe as costas, deixou que falasse sozinho e saiu do restaurante, não se importando com os olhares e os comentários murmurados ao pé dos ouvidos.

Determinado, no dia seguinte pela manhã, comprou a passagem de retorno a São Luís. Estava disposto a reparar seus erros. Acreditou que aquela seria a maior distância entre os seus propósitos na vida. Mal sabia ele que a maior seria aquela que surgiu entre ele e Rosa.

São Luís, novembro de 1997

Maria não queria acreditar que a irmã partiria antes das festas natalinas. Não que haveria grandes comemorações, nunca houve de fato, mas elas nunca haviam se separado nessa data, por mais difíceis que fossem suas vidas. Ficou sem entender o motivo de tanta pressa, embora soubesse do sonho que a irmã tinha desde criança.

— Eu quero conhecer o mundo, Maria — dizia Rosa desde pequena.

Maria, um pouco decepcionada, achou falta de responsabilidade da irmã, que já havia firmado compromisso com Francisco para cuidar de D. Bertolina, embora tenha achado estranho, pois Rosa não tinha muita simpatia por aquela senhora. Além disso, aquela responsabilidade acabou sendo passada às pressas para ela que, sempre muito prestativa, acabou assumindo aquele trabalho.

Maria externou sua tristeza e disse o quanto sentiria sua falta. Rosa, por sua vez, poupou a irmã de mais detalhes, que seriam revelados no tempo oportuno. Naquele momento, desiludida, não encontrou nenhuma outra solução senão partir.

Rosa abraça a irmã, e assim ficaram por um bom tempo, como se aquele abraço fosse o último. Pareciam duas crianças se despedindo e, antes de entrar no carro de Miguel — que era o neto da idosa de quem ela cuidava antes de atender ao pedido de Francisco —, o apresentou apenas como seu namorado.

— Miguel é meu namorado, Maria! E essa é a minha irmã, Miguel! — disse pela janela. E, enquanto o carro andava vagarosamente, completou: — Assim que a gente se estabelecer, escreverei informando meu novo endereço. — E fez a irmã jurar que não o repassaria para ninguém.

Ainda pela janela do carro, apertaram as mãos, que precisaram ser largadas conforme o aumento da velocidade do veículo.

Seu Zé não queria nem pensar na ideia de que, após sua morte, o grupo fosse comandado por alguém que não da família, principalmente quando tinha um filho altamente capaz de assumir com maestria seu legado. É claro que não seria o fim do mundo, afinal, ele estaria morto mesmo. Mas, mesmo tendo a mente aberta e disposto às mudanças, partiu para o centro de São Luís sem que ninguém soubesse com qual propósito, muito menos D. Firmina.

— Oxente! Meu filho não vai desistir daquilo que ele gosta por causa daquele homi — disse, enquanto se arrumava.

Estava decidido a procurar a tal casa daquele homem que havia feito com que Edésio desistisse, não somente de dar continuidade ao personagem Miolo, bem como de toda a tradição familiar. É claro que existia uma outra intenção por parte de seu Zé. Quem sabe ele não conseguiria a permissão do pai da menina para que seu filho pudesse ter um namoro de porta com a jovem. Quem sabe? E, caso aquilo não acontecesse, seu

Zé aprovaria o namoro de Edésio e Maria Cecília, a jovem recém-chegada à cidade.

De acordo com uma conversa ouvida casualmente, entre João Miguel e Maria Cecília, apenas aqueles poucos detalhes informados pelo rapaz foram suficientes para que seu Zé acreditasse que não seria difícil localizar o tal sobrado.

Decidiu não comentar com ninguém que ouvira a conversa dos jovens, assim, teria mais chances de que seu plano desse certo. Então, como desculpas, disse à D. Firmina que visitaria um amigo que estava enfermo.

— Quem está doente, homi?
— Um amigo, muié! Você não conhece.
— Vixe! Mas que amigo é esse que não conheço? É amigo novo?
— É um amigo de um amigo de um amigo — respondeu, deixando a casa em passos apressados, pois sabia que ela perguntaria o nome.

Ao chegar à rua descrita, seu Zé foi caminhando ao longo dela vagarosamente e, ao avistar o sobrado cujos detalhes confirmavam as informações repassadas por João Miguel, parou. Ficou olhando para ele de longe por um bom tempo. Aquele sobrado era tão diferente. Parecia que tinha personalidade própria. Atravessou a rua, parou em frente a ele, respirou fundo e bateu na porta.

Não demorou muito para que fosse aberta por Maria, que se perguntava quem poderia ser àquela hora.

A porta foi aberta vagarosamente até sua total abertura, quando Maria e seu Zé ficaram frente a frente. Ele, com seu jeito simples, humilde e simpático e ela, desconfiada.

— O dono desse sobrado se encontra? — de pronto, perguntou.

Maria, procurando poupar o tempo de todos, foi logo avisando que eles não tinham o costume de comprar nada vendido à porta. As compras eram sempre feitas no mercadinho da esquina.

Seu Zé pediu desculpas pelo inconveniente e a tranquilizou dizendo que não estaria vendendo nenhum produto, mas que precisava falar com o dono.

Maria, enquanto olhava para aquele homem de cima a baixo, procurando por uma sacola ou uma caixa escondida, chamou por Francisco.

— Pois não. O que o senhor deseja?

— Eu solicito algumas palavras com o senhor, em particular — disse seu Zé, sem gaguejar.

Antes de entrar no teor da conversa, seu Zé elogia a arquitetura daquele sobrado e, principalmente, seus azulejos em destaque.

— Eu já vi esses azulejos em algum outro lugar, mas não consigo me recordar onde foi...

— Esses azulejos vieram de Portugal, para decorar algumas propriedades da família. Também tinha no casarão do meu avô, aqui em São Luís mesmo, mas foi vendido, restando apenas esse sobrado.

— Ah, sim! Agora me lembrei. Que coincidência! Eu ainda era muito pequeno, devia ter dez anos, talvez, quando meu pai e eu, de vez em quando, levávamos alguma coisa para o sinhô daquele casarão a pedido do patrão de meu pai. Será que estamos falando da mesma pessoa?

Francisco ficou um tanto quanto intrigado. Seria por causa daqueles azulejos que aquele velho homem havia parado ali?

— Qual era o nome do patrão de seu pai?

— Ele era conhecido por todos os empregados como "o filho de seu Nhonhô". Era um homem muito bom. A mesma bondade não tinha o dono daquele casarão para quem levávamos os recados, pois ele não era bem-visto nem por seus empregados.

Francisco quis encurtar aquela conversa. De acordo com os relatos do pai sobre a personalidade de seu avô paterno e a maneira como ele tratava seus empregados, não restava dúvida de que falavam sobre a mesma pessoa. Não querendo ser confundido com ele, apesar de saber que carregava um pouco daquela arrogância em sua personalidade, atributo que o deixava muito desgostoso, então, apressou-se em perguntar o que de fato o trazia àquela casa, em que ele poderia ajudar.

— O meu filho veio aqui outro dia...

Sem deixar que seu Zé concluísse a frase, em um tom de voz agressivo, Francisco desconta naquele humilde homem todo o seu rancor e drama.

— Por causa de seu filho a minha filha está no hospital!

Seu Zé, atônito e em estado de choque, antes de saber mais detalhes sobre aquele incidente, quase aceitou a culpa que estava sendo imputada ao seu filho, diante daquela afirmação. Respirou fundo, procurou manter a calma. Passado o choque inicial, com serenidade e com toda a humildade que tinha, lamentou-se profundamente e perguntou quando aquele trágico acidente havia acontecido.

— Há alguns dias.

— Impossível ter sido ele. Quero dizer, o meu filho, realmente, esteve aqui no centro há alguns dias. Mas ele demorou tanto pegando informações sobre uma oportunidade de retorno aos estudos, que, quando chegou aqui, à sua residência, bateu diversas vezes à porta, mas ninguém atendeu. Então, ele voltou à loja onde havia feito algumas compras para mim, pegou as sacolas que havia deixado lá por um tempo, pois não queria vir com elas até aqui. Depois, retornou para casa. Foi isso que ele me disse.

— Seu filho é um muleque, mentiroso e atrevido. É isso que ele é.

— Meu filho não é um muleque e ele não mente. Ele disse que viria aqui para pedir a sua autorização para ter um namoro de porta com sua filha, mas ninguém o atendeu, apesar de ter gente em casa, pois tudo parecia estar aberto. Ele ficou em pé em frente à sua casa por muito tempo. Ele trabalha comigo e decidiu voltar a estudar e, assim que concluir o que falta, ele vai estudar para se formar em doutor.

Francisco, por um momento, quis acreditar em seu Zé, pois ele argumentava com firmeza e convicção.

— Meu filho é moreno como eu. É bem alto, um galalau de quase um metro e oitenta. Tem os cabelos pretos e...

— As características do rapaz que esteve aqui no dia do acidente são diferentes dessas, entretanto, já esteve alguém aqui, sim, com as mesmas características que o senhor falou, mas... no ano passado, ou melhor, no ano retrasado. Logo após os festejos de São João. Agora me recordo muito bem, pois eu o enxotei daqui. Eu sei que fui muito rude com ele. Jamais me esqueci e tenho consciência de que não fui nem um pouco educado.

Seu Zé, com maestria, conseguiu acalmar a fúria daquele pai e, praticamente, se convidou a entrar para conversarem.

Francisco, sem oferecer resistência, permitiu sua entrada, deveras, porque precisava de alguém, que não fosse sua esposa, para desabafar.

— Eu posso imaginar a tristeza pela qual a sua esposa e o senhor estejam passando... Afinal, queremos o melhor para nossos filhos. A gente sempre reza para que nada de mal aconteça a eles.

Seu Zé se apresentou formalmente, falou um pouco sobre D. Firmina, onde eles moravam, o que faziam, e deixou para comentar sobre o filho num momento mais oportuno. Ele expunha sobre seu passado quando foi interrompido por Francisco, que ratificou suas impressões a respeito do dono daquele casarão em questão.

— Aquele patrão casca-grossa, de quem os empregados não gostavam e que só o viam enfarruscado... era meu avô. Ele se chamava Queiroz. Doutor Queiroz, como fazia questão de ser chamado. Mas ele já morreu, agora é passado, não fez falta e seria desnecessário falar dele no presente — disse friamente.

Àquela altura, quase pareciam velhos conhecidos e foi quando seu Zé decidiu falar sobre o assunto mais delicado. Começou comentando sobre a segunda vez em que seu filho tinha vindo ali e que, depois daquela data, pensou em deixar de lado a tradição da família.

— Minha mulher e eu também ficamos muito angustiados, pois ele é um ótimo moço, muito talentoso, educado, respeitador, um rapaz de família. Houve algo positivo nessa história toda. Ele decidiu retomar os estudos e já escolheu sua profissão, embora distante de nossas realidades, mas que não me surpreendeu de fato. Ele quer ser advogado. E disse logo em seguida: — Eu sinto muito pelo que aconteceu com a sua filha!.

Seu Zé continuou falando sobre a criação de Edésio, sua educação, seus sonhos, até o momento em que Francisco tomou a palavra para se explicar.

— Eu não queira ter agido daquela maneira, mas a minha filha é tudo para mim. Ela dá beleza à nossa casa e é a alegria de nossas vidas. Ela é tudo para a gente. E eu tenho a obrigação de protegê-la para que ela seja feliz no futuro. Eu lamento profundamente e peço desculpas pela maneira como eu tratei seu filho e acho que o senhor me compreenderia caso tivesse uma filha. Talvez agisse da mesma maneira... ou não. Nunca se sabe.

Logo em seguida, Francisco falou abertamente sobre o acidente, como tudo havia acontecido e que a filha ainda se encontrava hospitalizada. Ainda estava sendo muito difícil para ela aceitar que ficará alguns meses de cama e se locomovendo com a ajuda de uma cadeira de rodas.

Falou sobre as características do rapaz que esteve lá no dia do acidente e que, de alguma forma, ele contribuiu com aquela fatalidade.

— Decerto minha filha acreditava que era seu filho quem batia à porta. Mas, quando ela chegou à rua, o jovem já não estava mais lá e, naqueles poucos segundos em que ficou parada no meio da via, não percebeu a vinda do carro na direção contrária para onde ela olhava. O motorista também não teve culpa, pobre coitado! Eu também gritei muito com ele. Mas eu tenho uma curiosidade... Aproveitando que o senhor está aqui... Como e quando os nossos filhos se conheceram?

Seu Zé repetiu cada detalhe mencionado por Edésio sobre o dia em que ele debutou sob a armação do boi.

— Ah! O dia da minha volta de São Paulo. Um dos dias dos festejos. O dia em que ela saiu escondida de casa. Então ela ficou andando entre os participantes do grupo lá no Centro Histórico — disse Francisco, aliviado. Nada mais havia acontecido.

— Eu sei que não é da minha conta, mas, porque seu filho... dados seu gosto e origem... Bem, não querendo ser preconceituoso, é claro...

— Mas o senhor já está sendo...

— Peço desculpas se assim me vê, mas é apenas uma curiosidade. Por que ele escolheria uma profissão um pouco tão distante de sua realidade?

— Talvez ele a tenha escolhido para não só se defender de pessoas como o senhor, bem como defender qualquer outra pessoa que viesse a precisar de auxílio.

— Eu não o culpo por pensar assim.

Nesse momento, Maria se aproximou trazendo em uma bandeja dois cálices já servidos com Tiquira e a garrafa da bebida, caso desejassem beber mais.

— Como senti saudades dessa bebida no Rio de Janeiro! — disse Francisco, após tomar a bebida do cálice de uma só vez.

Coincidentemente, era uma das aguardentes preferidas de seu Zé.

Francisco, após a terceira dose da bebida, ficou absorto por um bom tempo e, quando voltou daquela abstração, virando-se para seu Zé, disse:

— Eu não sei como o senhor dará essa notícia ao seu filho. Talvez fosse melhor nem comentar. Minha filha jamais irá me perdoar e, com certeza, ver o seu filho agora, nesse momento em que se encontra acamada, trará mais desespero a ela. Acredito que não irá contribuir em nada — disse seriamente. — Talvez devêssemos esquecer tudo o que aconteceu, seguirmos com nossas vidas tentando fazer o possível para não causar mais estragos — sugeriu ele. E em seguida perguntou:

— Mas que mal eu pergunte, Edésio não é um nome muito

comum por aqui. Qual é a história por trás desse nome? Se é que existe alguma.

— Esse nome foi ideia de minha esposa e somente ela para contar. Quem sabe algum dia?

Despediram-se com um acordo entre cavalheiros e foi com muita tristeza que seu Zé embarcou na condução de volta para casa.

⁂

Seu Zé repensou cada palavra dita por Francisco e chegou a um suspeito, conforme a descrição das características informadas por Francisco. Sua conclusão foi a de que só haveria uma pessoa que se encaixava naquele perfil.

A raiva, sentimento há muito tempo adormecido, foi tomando conta dele de tal maneira que seria capaz de até... Conteve o pensamento e procurou se acalmar para que não fizesse uma besteira. Precisaria pensar, mas sem deixar a razão de lado. Assim, não faria nenhuma besteira e nem nada precipitado.

— Deixe quieto! Ele vai se ver comigo! Rapaz bexiguento, filho da moléstia! — disse, não se aguentando, sem se importar com quem estava sentado a seu lado naquela condução. — Eu vou pegar aquele muleque e esganá-lo com minhas próprias mãos. Mas antes darei muitos tabefes, muitas chapuletadas, uns... uns... CATIRIPAPOS, muitos coques por essa patuscada — disse, enquanto movimentava o antebraço e a mão, com punho fechado, como se quisesse aplicar os golpes naquele momento mesmo. Assustado, o passageiro ao lado levantou-se, acomodando-se em outro lugar.

Seu Zé não queria acreditar que havia aberto as portas de sua casa para aquela pessoa. Aquele rapaz era desonesto, safado, enganador. Uma pessoa com más intenções e propensa a jogar sujo em prol de seus objetivos.

João Miguel não somente tentou destruir os sonhos de uma linda jovem como também os de seu filho. Ele precisava encontrar um jeito de puni-lo sem despertar a atenção de Edésio.

— Valha-me, Nossa Senhora! Meu filho não poderá saber de nada! Ajude-me nessa missão!

Decidiu que nada falaria com a esposa e muito menos com Edésio. Precisava de tempo para tomar as devidas precauções em relação àquele muleque.

Ao chegar em casa, olhou tristemente para D. Firmina, que nada perguntou ao ver a fisionomia dele. Apenas deduziu que o estado de saúde do tal amigo visitado não estaria nada bom.

"Ela não poderá saber, mas até quando conseguirei guardar a informação somente para mim?", perguntou-se.

Ele precisava poupá-la daquela tristeza. Logo ela, sempre positiva e que gostava de falar sobre o poder Divino. D. Firmina havia feito um extraordinário bordado no couro do boi para trazer ao filho bons fluídos. E sempre dizia que, se um bordado fosse feito com os sentimentos mais puros e se pedisse por coisas boas, com todo o amor que há no coração, tudo de bom retornaria.

E o seu desejo era de que o filho encontrasse o amor de sua vida, feito ela.

Ana recebeu alta. Voltaria, finalmente, para casa.

Deram aos seus pais algumas recomendações de como cuidar de um molde de gesso até a consolidação das fraturas. Dentre elas: não molhar o gesso; não colocar nada dentro dele, no intuito de coçar; vigiar a pele em volta.

Aquele processo de recuperação poderia demorar algumas semanas ou até meses.

Somente quando chegasse em casa Ana saberia da modificação feita por seus pais, que a fizeram pensando em seu conforto. Para sua comodidade, seu quarto não seria mais no andar superior, passaria a ocupar o quarto dos pais no térreo. Eles passariam a ocupar um dos cômodos que há muito tempo não vinha sendo utilizado. Boa parte dos pertences da jovem foi levada para o andar de baixo.

Eles tentaram, de alguma forma, reorganizar a disposição dos móveis no antigo quarto do casal, com o intuito de deixá-lo com um ar jovial. Optaram por deixar a cama de casal para que a filha tivesse mais espaço e para o caso de Maria precisar fazer companhia a ela, assim, teria espaço suficiente para duas pessoas.

Francisco havia sugerido que a esposa ficasse logo com a filha, ideia refutada por Maria e, quanto a ele, improvisaria uma cama no escritório, onde passaria mais tempo, deixando sua firma aos cuidados dos jovens rapazes. Naquela nova situação, alegou não ser uma boa companhia e que seria melhor ficar sozinho. Quanto ao quarto da filha, ficaria sem ser usado.

Foi um início muito difícil para todos. Aquela primeira semana pareceu ser interminável. Não demorou muito para que Ana apresentasse sinais de insatisfação em relação às mudanças feitas na casa, principalmente, quando soube que os pais ficariam separados.

Suas amigas mantinham as visitas diariamente e se revezavam para que ela não ficasse um dia sequer sem alguém para conversar.

Francisco queria pedir perdão à filha, mas ele sabia que ainda seria muito cedo para tocarem naquele assunto.

Os sonhos depois de um dia cansativo...

— Perdão, Rosa! Perdão!
Francisco acorda assustado com seu sonho.

Acreditando que Maria pudesse ter ouvido, apavorado e preocupado, virou-se rapidamente e ficou aliviado ao se lembrar de que dormia sozinho. Mas, ainda assim, temeu que ela pudesse ter escutado, mesmo estando em outro quarto.

"Talvez eu tenha falado alto demais", pensou, levantando-se logo em seguida e indo em direção ao cômodo em que Maria se encontrava, onde, aparentemente, dormia profundamente. Os cuidados diários com a filha deixavam-na extremamente exausta ao fim do dia. Após ficar observando-a por um bom tempo, vai à cozinha e toma um copo d'água.

"Com tantos problemas para enfrentar e ainda vêm os fantasmas do passado para me aterrorizar", pensou, enquanto tentava repousar silenciosamente o copo sobre a pia.

Pensativo, com medo da incompreensão de todos, levou as mãos ao rosto, como quem procura enxergar soluções para as provas da vida. Alisa a pele flácida da testa, ora esticando, ora franzindo as marcas do tempo, movimento semelhante ao manuseio de um acordeon, numa imaginária melodia, de um único refrão que lhe assombrava a mente — "Você é o único culpado".

"Por quanto tempo conseguirei ocultar a verdade?", perguntou-se.

Francisco deixou a cozinha, parou em frente ao quarto do casal, onde a filha passara a dormir, e resolveu entrar. Sentiu o remorso lhe corroer enquanto a observava.

"Como eu gostaria de voltar no tempo", pensou.

Seria o anjo ou o demônio que havia respondido àquele desejo?

"Dou-lhe uma única chance de voltar no tempo", disse a voz ilusória, que logo em seguida fez-lhe a proposta.

"Porém, deverá ser exatamente nas minhas condições: terá que me dizer, precisamente, em qual parte do passado tem interesse de retornar. Você poderá, sim, modificá-la; entretanto, qualquer mudança que faça trará consequências imediatas no presente. Tendo sabedoria, poderá fazer uma única mudança sem que haja muito sofrimento, mas ainda assim continuará com arrependimentos."

Estaria ele ficando louco? Será que teria mesmo ouvido aquela voz, ou teria sido fruto de sua imaginação?

Deixou o quarto da mesma maneira em que nele havia entrado, silenciosamente, e voltou para o escritório.

———•❀❀❀❀❀❀•———

São Luís, 2016

No início, o tempo parecia transcorrer vagarosamente e, sem se darem conta, estavam no mês de maio. Ana completaria 18 anos.

Como desejar "Muitas felicidades!" para uma pessoa que se encontrava naquelas condições? Porém, seus pais se lembraram das palavras do jovem médico e, seguindo seus conselhos, não deixaram aquela data passar em branco. Fizeram uma pequena confraternização com a presença de poucas pessoas; as mais estimadas, que deram vida àquela casa, trazendo alegria e esperança.

Para aqueles mais incrédulos, os risos da jovem puderam ser ouvidos por qualquer um que passasse pela rua.

Seria a esperança voltando? Seria a retomada dos sonhos?

Nem Maria Cecília e tampouco Edésio sabiam sobre as expulsões de João Miguel. Aliás, eles desconheciam totalmente a história. Seu Zé não tinha a menor intenção de revelar, e, se um dia ele precisasse, não saberia nem por onde começar.

Seu Luís — o representante do Boi Divertido— ficou sabendo sobre tudo o que o rapaz arquitetara. Seu Zé contou detalhadamente todas as artimanhas de João Miguel. O plano, combinado entre eles, começou pela mensagem de seu Zé, convidando João Miguel para substituir seu filho Edésio no próximo festejo.

Todos sabiam que ele não recusaria, pois tinha uma fixação em tomar a personagem de Edésio.

O rapaz era tão presumível que foi muito fácil arquitetar sua punição.

— Zé, assim que você o colocar para vazar, ele voltará correndo para o meu grupo novamente. Ele vai achar que ainda poderá ser o miolo do Boi Divertido. Quando ele pôr os pés no meu barracão, eu o colocarei para vazar também. Mas não será somente isso que faremos. Eles tinham certeza de que o rapaz retornaria ao grupo Boi Divertido e que apresentaria qualquer desculpa esfarrapada para conseguir voltar.

Seu Zé já tinha a punição arquitetada. Seria um plano muito bem bolado, mas não faria nada precipitado. Tudo no tempo certo, como ele costumava dizer: "O corretivo daquele muleque já estava a caminho."

— Só em pensar que eu havia concordado com a substituição de Edésio por aquele furreca me deixa louco. Mesmo que meu filho não queira mais continuar, aquele muleque jamais será o miolo do Eita, Boi Arretado!, nem que eu tenha que voltar a ser o miolo! Mas aquele rapaz bexiguento, nunca, nunca chegará perto do meu boi e nem do boi de qualquer grupo de amigo meu — esbravejou, enquanto se encontrava sozinho em sua pequena oficina.

Seu Zé era conhecido e respeitado por todos os brincantes de diversos grupos de Bumba Meu Boi daquelas redondezas. Ele era uma pessoa muito íntegra, honesta, homem de muitos princípios e, acima de tudo, extremamente generoso. Ele jamais negou qualquer tipo de ajuda sempre que fora solicitado. Então, por ser assim, ele tinha certeza de que todos o ajudariam quando deles precisasse.

Como ele queria dar umas bofetadas muito bem dadas naquele moleque ardiloso que, com sua molecagem, agiu sem pensar nas consequências por pura vaidade, sem deixar de mencionar a falta de caráter e a inveja.

Mesmo dominado pela raiva, ele ainda conseguia refletir e sempre se continha quando seu desejo de bater naquele rapaz causava-lhe cegueira. Mas quando a raiva chegava ao limite, impedindo que enxergasse a gravidade das lesões que poderiam advir de suas agressões, ele se lembrava da frase ouvida desde criança: "Não devemos fazer justiça com as próprias mãos."

Quando isso acontecia, acalmava-se e só então dava prosseguimento ao seu plano em busca de um castigo que pudesse perdurar por todos os seus anos de vida ou pelo tempo que vivesse naquela região.

— O castigo dele poderá ser cruel, principalmente, se a minha ideia for muito bem arquitetada e sem pressa para a vingança — diariamente, dizia seu Zé, quando estava sozinho no canto de trabalho, limando, vagarosamente, suas peças de madeira.

Passadas algumas semanas, "o acaso" planejado por ele se fez presente.

Sozinho em sua oficina, ele recebeu a visita de João Miguel. O visitante mais aguardado acabara de entrar todo festivo, alegre e comunicativo.

Contendo-se, deixou que o rapaz iniciasse a conversa.

— Boa tarde, seu Zé! Eu recebi o seu recado. É uma pena que Edésio não queira mais continuar, não é mesmo? E o senhor está muito velho para suportar o peso do boi. Então, eu me adiantei em vir, pois quero me familiarizar com o peso de sua armação. Acredito que não seja tão diferente do peso daquela do Boi Divertido. E como estamos muito próximos do evento, eu vim tão logo recebi a mensagem.

Seu Zé quis pular e esganar seu pescoço, mas refreou seus movimentos e respondeu àquelas provocações somente em pensamento. "Velho? Ainda irei te mostrar quem está velho!"

— Diga-me uma coisa: o pessoal do Boi Divertido não vai ficar chateado por você deixar o grupo às pressas, assim... tão perto dos festejos?

— Para falar a verdade, não me importo com as pessoas daquele grupo e sequer estou preocupado com o que pensarão. Eu somente decidi ir para lá porque Edésio o substituiu e tirou de mim a chance de interpretar esse personagem aqui, nesse grupo. O meu pai sabia que eu queria muito isso. E, como não haveria nenhuma outra possibilidade aqui, ele, através de seus contatos, descobriu que seu Luís, o Amo e organizador do grupo Boi Divertido, era um velho amigo dele. — ironicamente, disse João Miguel, sem pretensão de demonstrar interesse em estreitar laços de amizades futuros.

Seu Zé bem que tentou se conter, porém, chegou uma hora em que não deu mais. Foi vencido pela raiva. Agarrou o rapaz pela gola da camisa e o foi empurrando até bater seu dorso na parede.

— Escuta aqui, seu muleque! Quem você e seu pai pensam que são? Vocês acham engraçado ficarem brincando com as pessoas? Você acha que eu sou um velho? Responde! Eu posso até parecer um velho para você, mas você sentiu a força desse velho aqui? Sem forças, eu? Seu coisinha! Você jamais será o miolo desse grupo!

Ainda pela gola, puxou o rapaz com mais força e o colocou bem de frente para o boi.

— Tá vendo esse boi aqui? — perguntou, enquanto o chacoalhava de um lado para o outro.

— Você jamais chegará perto dele como está agora. Você não tem honra e, pelo visto, jamais terá. Esse boi aqui, caso eu não tenha mais forças para sustentar o seu peso e, caso meu filho não queira mais seguir em frente com o legado da família, que é um direito de escolha dele, será interpretado por qualquer outra pessoa que jamais, nunca, sob nenhuma condição, será você. E se não aparecer nenhum homem que queira, ou melhor, alguém digno de ser o miolo, eu convocarei uma mulher se preciso for, bastando apenas que ela queira. — E continuou: — Seu arruaceiro! Você não sabe o mal que fez para minha família e, principalmente, para a família da moça a qual tentou visitar noutro dia. Eu queria muito poder te bater, quebrar cada osso do seu esqueleto em pequenas partes, mas não irei fazer isso não, porque as fraturas irão se consolidar e você permanecerá o mesmo. O seu castigo será bem pior, pois você terá que conviver com ele pelo tempo que estiver morando por aqui.

Ainda o segurando pela gola da camisa, deu-lhe um puxão, ao mesmo tempo em que o empurrava contra a parede novamente, fazendo seu dorso bater fortemente contra ela. Logo em seguida, a passos largos, ainda preso pela gola, João Miguel foi empurrado porta afora.

— Vaza daqui! Você não é mais bem-vindo nesta casa. E se eu o vir passando por essa rua, vou te dar muitas chapuletadas, visse? E se vir a mim, minha esposa ou meu filho na rua, ou até mesmo qualquer amigo meu ou de meu filho, mude de calçada! — disse seu Zé, após jogá-lo na rua.

João Miguel, calmamente, levantou-se do chão, ajeitou sua roupa e deu algumas batidas para tirar o pó antes de partir. Talvez, em outros tempos, ele sequer perderia tempo para saber sobre as consequências causadas por suas maldades na vida das pessoas, pois a indiferença era a característica mais forte de sua personalidade.

Daquela vez, certamente, ele sabia que havia conseguido ultrapassar todos os limites de suas maldades. E ficou curioso para saber o que havia acontecido entre Edésio e a jovem após sua tentativa frustrada de falar com a menina antes dele.

"Será que Edésio foi à casa de sua amada naquele mesmo dia? Será que o pai dela o colocou para correr como fez comigo?", pensou, enquanto exibia um sorriso irônico.

Os meses se passaram tão rápido que não faltava muito tempo para a festa de São João.

Seria a terceira participação de Edésio representando o boi, caso ele voltasse atrás em sua decisão.

Somente depois de conversar com Francisco que seu Zé compreendeu o complexo de inferioridade que o filho tinha. A insegurança dele agora era passado. Edésio estava determinado a concluir seus estudos e se formar. Ele pegaria o diploma e o esfregaria na cara daquele homem. Mostraria a ele o quanto estava errado e que ele seria um bom partido, uma pessoa à altura dos padrões sociais daquela família.

Por um lado, seu Zé ficou feliz com a felicidade do filho em voltar a estudar; porém, pelo outro, tinha esperança de que ele voltasse atrás em sua decisão, a tempo para as brincadeiras daquele ano, somente por mais uma vez. Ele já havia separado o último couro usado por ele e já estava convicto de que interpretaria o boi novamente.

Foi por intermédio de Maria Cecília que Edésio ficou sabendo por alto sobre João Miguel, mas nem mesmo ela soube explicar direito.

Os ensaios do grupo já estavam atrasados e, ao mesmo tempo em que se sentia aliviado por Edésio não perguntar o porquê, seu Zé pressentia que estava chegando a hora de lhe contar a verdade. Porém, ainda não sabia por onde começar e se conseguiria revelar os detalhes.

"Onde encontrarei a coragem para dizer ao meu filho que a sua paixão, no momento, se encontra em uma cadeira de rodas?", perguntou-se. A bravura que sempre teve agora cedia espaço para o medo.

Tentando convencer Edésio a participar dos festejos daquele ano, Maria Cecília o pressionava, dizendo:

— Seu pai, caso não encontre um outro alguém, vai precisar ser o miolo na próxima apresentação, para honrar o compromisso firmado junto ao Circuito Maranhense.

Edésio percebeu a necessidade de rever sua decisão. Agora mais amadurecido, foi conversar com o pai. Pediu-lhe desculpas pelas duras palavras ditas em momento de raiva, quando, na sua maneira de compreender a invisibilidade que passou a ter, comparou-a com um castigo.

— Já não culpo mais ninguém, nem mesmo a mim. Participarei dos festejos desse ano, porém, não poderei garantir a minha presença no ano seguinte — disse ao pai.

―――∞∞●●●∞∞―――

No dia seguinte após o ocorrido no barracão de seu Zé, logo pela manhã, João Miguel retorna ao barracão do grupo Boi Divertido como se nada tivesse acontecido.

Todos os integrantes já sabiam da história, até mesmo o antigo boi do grupo — o rapaz que já defendia aquela personagem há anos —, tempo mais que suficiente e que não deixava dúvidas sobre sua atuação. Quando ele soube que seria substituído, ficou extremamente chateado e sem entender como uma dívida tão antiga fora cobrada agora, depois de tanto tempo.

No dia em que recebeu o comunicado de que seria substituído, seu Luís, envergonhadamente, lamentou-se muito.

— É um antigo favor que eu devo — explicando que a motivação daquela substituição era contra sua vontade, mas que a qualquer mudança nos planos ele seria convocado para retomar seu lugar conquistado com mérito.

Os ensaios já haviam começado quando, já sem esperança de brincar naquele ano, o antigo miolo do Boi Divertido recebeu um convite inusitado.

Quando João Miguel entrou no barracão, embora o espaço estivesse lotado, não encontrou dificuldades para atravessar o grande salão, passando pelas pessoas com muita facilidade. Na verdade, elas cediam espaço para que ele avançasse e, tão logo ele passava, elas voltavam a se reagrupar e acompanhavam o caminhar daquele rapaz com o canto dos olhos.

Ele sequer percebia a movimentação do pessoal e muito menos ouvia os seus sussurros conforme passava por eles.

Para não perder tempo, abordou alguém no caminho.

— Sabe me dizer onde posso encontrar o Sr. Luís?

Seu Luís, que interpretava o personagem Amo, passou a organizar aquele barracão a pedido do criador do grupo, um senhor já bem idoso e com dificuldades de locomoção, que viu naquele homem a possibilidade de perpetuação de seu legado.

João Miguel, não recebendo resposta das batidas à porta, decidiu abri-la para verificação. "De repente, seu Luís não esteja escutando por causa do barulho", pensou.

Deu alguns passos cruzando a grande sala, passando em frente à menor e, quando teve certeza de que não havia ninguém lá dentro, tentou sair o mais rápido que pôde. Entretanto, antes mesmo que puxasse a porta para seu total fechamento, ouviu uma voz de trovão.

— O que fazia dentro de minha sala? Agora deu para ser fuxiqueiro também?

— Mas eu não estava...

— Quem te deu permissão para entrar? Não sabe que é falta de educação ficar bisbilhotando?

Ainda resmungando, seu Luís entrou na sala e deixou a porta aberta, não demorando muito para que fosse seguido pelo rapaz.

— Oxente! Só me faltava essa! Eu te coloco no lugar do meu melhor miolo porque devia um favor a seu pai, então, você decide sair do grupo da noite para o dia. Com certeza, o rapaz que eu dispensei já deve estar em outro grupo e agora você me reaparece, perquirindo as minhas coisas.

— Eu vim pedir meu lugar de volta — pleiteou João Miguel.

Aquele pedido fez com que Seu Luís se levantasse assustado da cadeira na qual mal havia se sentado.

— Lugar? Que lugar, rapaz? O seu lugar não é aqui. Nunca foi e nunca será! Vaza daqui! E diga ao seu pai que nada mais devo a ele, pois você fez a sua escolha. E caso ele queira mais alguma explicação, peça-lhe que procure por Seu Zé, a quem você conhece muito bem.

O caminho de volta até o portão pareceu-lhe interminável, sendo que, daquela vez, as pessoas não davam passagem para ele, faziam questão de esbarrarem em seus ombros e ainda aproveitavam sua desaceleração para dizer-lhe na cara "Levou fumo!", balançando a cabeça em sinal de reprovação.

Antes mesmo que conseguisse colocar os pés para fora daquele barracão, esbarrou com o antigo miolo que acabava de entrar. Tão logo entendeu, baixou a cabeça. Não demorou muito para se lembrar das palavras de Seu Zé. A punição apenas começava.

Tudo parecia querer entrar nos eixos após seu aniversário, porém, com o passar dos dias, foi ficando cada vez mais difícil mantê-la animada. Sua irritação se evidenciava nas palavras ríspidas, nas respostas sem paciência e na recusa em querer cumprir as recomendações médicas. As suas atitudes fragilizavam o emocional de todos, fazendo com que perdessem a paciência uns com os outros.

Por algum motivo, ela achou que não mais voltaria a andar, pois estava sentindo fortes dores. Os seus medos e suas fraquezas foram aumentando, apesar de o médico haver dito que não haveria chance nenhuma de aquilo acontecer. Na época, ele até achou graça de seu receio, mas a tranquilizou dizendo que aquilo jamais aconteceria.

Francisco decidiu levá-la de volta ao hospital. Ou alguma coisa estaria errada, ou já seriam sinais de rebeldia.

De volta ao hospital, o profissional explicou que não era recomendada a retirada do gesso antes da consolidação completa do osso. Quando ele a examinou mais atentamente, chamou o médico, pois percebera uma coloração diferente em um de seus pés.

Ana, mesmo avisada de que não poderia fazer, sem ninguém ver, coçou a pele com uma agulha de tricô que havia pegado escondida da mãe, o que acabou causando um sério ferimento. Felizmente, foi visto a tempo, assim, evitaram que infeccionasse, o que poderia acarretar em algo mais grave; uma necrose, por exemplo.

Seus pais perceberam que não poderiam mais deixá-la sozinha. Não se arrependeram da aquisição, porém, a cadeira de rodas havia sido comprada para que ela pudesse se movimentar pela casa, assim não ficaria o tempo todo deitada na cama.

Depois do susto no hospital, de volta ao sobrado, enquanto Maria se encarregava de levar para dentro de casa os pequenos itens, Francisco carregava a filha no colo até o quarto. Ana entrelaçou os braços firmemente em torno de seu pescoço, e não foi o medo de cair no chão que a fez mantê-los bem apertados, mas sim a crença de que nunca mais voltaria a ser a mesma. Ficaram abraçados em silêncio por um longo tempo sem dizer uma única palavra. Ele a deixou na cama e, ainda sem conseguir olhar no rosto da filha, perguntou se ela precisava de alguma coisa e saiu.

Maria precisou recorrer às cartas da irmã para acalmar seu coração. Respirou fundo. Fazia muito tempo que ela não as relia; mais precisamente, desde aquela idiota e inconsequente tentativa. A leitura daquelas cartas não só lhe possibilitava observar de longe os cenários com seus personagens como também trazia de volta as recordações do passado. Aquela do dia em que se preparava para deixar a casa em busca de ajuda para localizar o paradeiro da irmã. Com sorte, antes mesmo que deixasse a residência, recebeu a primeira correspondência dela, extinguindo o medo da perda do contato.

Com a carta nas mãos, conteve a afobação e não se deixou levar pelas batidas aceleradas do coração. Enquanto olhava, demoradamente, para aquele endereço, talvez, com a intenção de o memorizar, procurava entender a escolha feita pela irmã.

Maria sabia que, mais cedo ou mais tarde, Rosa deixaria a cidade. Ela nunca havia escondido de ninguém seu desejo de sair dali. Talvez, fosse o único jeito de mudar o curso da história familiar. Maria também sabia o quanto ela queria voltar a estudar. "Por que você foi tão impetuosa, Rosa?", disse bem baixinho, enquanto abria o envelope cautelosamente.

Alcântara, 12 de janeiro de 1998

QUERIDA MARIA,

Peço-lhe desculpas pela demora, minha irmã.
O início nessa nova cidade foi um pouco difícil e complicado, como tudo nessa vida, não é mesmo? Ainda estou me adaptando à nova casa, ao novo lugar, às novas rotinas e às pessoas.
Às vezes, a vida nos obriga a tomar decisões rápidas e nem sempre as escolhas são feitas com sabedoria. É preciso ser muito forte para não se deixar levar pela emoção e, quando isso acontece, maiores são as chances de decepção.
Eu acredito ter acertado dessa vez. Miguel é um rapaz muito bom, Maria. Ele era neto daquela senhora da qual eu cuidava. Ela veio a falecer, infelizmente. Descansou, finalmente. Eu não escrevi antes, pois estávamos de mudança.
Ele está sempre procurando me agradar. Eu sei que foi tudo muito rápido, mas a gente está se conhecendo melhor.
Ele sempre quis ser pai e quer um filho o mais rápido possível. A gente pretende se casar um dia.
Em retribuição a toda a sua atenção comigo, eu procuro contribuir ajudando seus pais.

Você não vai acreditar, Maria! A casa da família dele fica perto de um grupo de Bumba Meu Boi. Dá para ir a pé para o barracão. É tudo muito colorido. É cor para todos os lados; as cores que deveria ter a vida.

Os pais dele são muito divertidos e me tratam muito bem. É como se eu já pertencesse à família há muito tempo.

No início, acharam tudo muito precipitado. Percebi que eles tinham outros planos para Miguel, mas ainda assim, não se opuseram à decisão do filho.

A família dele ainda está resolvendo alguns assuntos de sua avó. Assim que tudo estiver acertado, nós a chamaremos para que venha passar alguns dias aqui.

Sinto muito a sua falta.
Fique com Deus!

ROSA

São Luís, 15 de janeiro de 1998

Querida Rosa,

    Receber a sua carta foi um alívio para mim. Cheguei a pensar que algo de ruim tivesse acontecido. Já fazia muito tempo que você havia partido e, como não tinha notícias suas, eu já me preparava para te procurar. Porém, eu não tinha ideia de por onde começar.
    Fiquei muito feliz em saber que foi bem recebida, que está sendo bem tratada e que todos gostam de você.
    Um filho? Não seria um pouco precipitado, Rosa? Bom, não quero me intrometer.
    Devo começar a preparar o enxoval para um bebê ou, talvez, eu deva iniciar pelo enxoval da futura mamãe?
    Deixemos o do bebê para quando você estiver grávida.
    De qualquer forma, fiquei encantada com a ideia de ser titia. Quero que saiba que sempre poderá contar comigo.
    Não há nada muito significativo para contar, nenhuma grande novidade, além da vinda de Francisco para a cidade.
    Pela movimentação dentro da casa, acredito que tenha vindo para ficar de vez, pois outro dia ouvi ele dizer que abriria um escritório aqui na cidade. Não sei se seria uma filial daquele em que trabalhava no Rio de Janeiro.

De qualquer forma, foi bom ele ter vindo, assim poderá passar mais tempo com a mãe, que já se encontra bem debilitada.

No dia em que nos encontramos, ele perguntou sobre você, onde estaria trabalhando... e não me pareceu chateado por você não ter honrado o compromisso firmado com ele. Quando lhe contei que tinha deixado a cidade, disse-me: "Eu sabia que ela a deixaria um dia."

Ele insistiu em ter seu novo endereço, pois precisava falar urgentemente com você. Eu bem que tentei saber o motivo. Mas ele, relutante, não quis antecipar.

Como você me pediu para não repassar o endereço de sua residência, achei que poderia ajudá-lo de alguma forma; afinal, vocês eram amigos confidentes desde crianças. Então, ao ver sua tristeza, pedi a ele que escrevesse a carta e que eu a enviaria para você. Acho que foi a melhor solução para todos.

Quem sabe você não poderia ajudá-lo, mesmo estando longe?
Aguardarei pelo convite de vocês. Irei com muito prazer.
Que Deus os proteja!

MARIA

São Luís, 6 de março de 1998

QUERIDA ROSA,

Espero que todos estejam bem e com saúde.
Infelizmente não trago boas notícias: a mãe de Francisco faleceu.
Sabemos que ele não voltou para fazer companhia à mãe, e tampouco por causa do escritório recém-montado.
Há boatos sobre brigas e discussões que ele teve no Rio de Janeiro. De qualquer forma, o retorno dele ajudou muito na organização da casa, mesmo que não queira continuar morando nela.
Ele passa a maior parte do tempo dentro do escritório, evita sair e insiste para que eu continue trabalhando lá, embora eu não veja mais necessidade e, sempre que tento pedir demissão, ele, como desculpa de precisar de alguém de confiança até a irmã e ele decidirem o destino daquela residência, pede para que eu fique mais um pouco.
Dei-lhe um prazo para que conseguisse se organizar, pois tenho outros planos.
Estou com muitas saudades suas.

Fica com Deus!

Alcântara, 20 de março de 1998

Querida Maria,

Estamos todos bem, graças ao nosso bom Deus.
A notícia sobre o falecimento de D. Bertolina eu diria friamente que em nada me afetou. Contudo, fico triste por ele, embora ele tivesse me confessado, no passado, que não tinha um bom relacionamento com a mãe, que o criticava em tudo, não o elogiava em nada e que nunca havia recebido o carinho que as mães costumam dar aos filhos. Mas, ainda assim, eu acredito que ele deva estar sofrendo, pois queria o bem e o conforto dela. Senão, por qual motivo ele nos teria escolhido para cuidar dela durante sua ausência?
Maria, eu acho que Francisco tem um bom coração.
Diga-lhe que sinto muito.
Tenho muitas saudades suas também.

São Luís, 2 de maio de 1998

QUERIDA ROSA,

Graças à grande insistência de Francisco, essa correspondência foi enviada apenas com o intuito de encaminhar a sua carta, conforme eu lhe havia prometido anteriormente. Eu mesma não tenho nenhuma novidade para contar.
Acredito que ele queira um ombro amigo para poder chorar o fim de seu noivado. Fiquei sabendo que a família da moça é muito rica. Deve estar desolado.
Estou com muitas saudades!
A propósito, eu não alimentei a expectativa em relação a uma resposta sua, porém, peço que responda qualquer coisa, Rosa. Ele não sai de dentro de casa há dias e sequer vai ao seu escritório no centro.

Fiquem com Deus!
Beijos,

MARIA

São Luís, 1º de maio de 1998

Rosa,

Eu não tinha ideia de como seria difícil escrever esta carta para você.
As palavras me fogem.
Talvez eu comece pelo lugar onde eu a estou escrevendo, pois somente voltando ao passado para tentar reparar os erros cometidos e, caso ainda existam... E, se ainda assim, após tudo aquilo que eu escrevi não a fizer mudar de ideia, continuarei te amando da mesma forma e querer-te-ei sempre o bem.

Com todo o meu amor e afeto,

Francisco

Após a leitura da carta de Francisco, Rosa corre e se tranca no banheiro. Ela tenta, mas não consegue segurar o choro.

Miguel bateu à porta repetidas vezes e ameaçou arrombá-la, caso ela não abrisse. Foi ao quarto do casal com a esperança de entender o porquê daquela reação. E foi quando viu o envelope vazio em cima da cama. Logo suspeitou que poderia ter acontecido alguma coisa grave com Maria e, buscando pela carta, acabou encontrando-a caída no chão.

Após sua leitura, voltou a bater à porta do banheiro.

– Rosa, eu li a carta. Saia para conversarmos.

Após longos meses de espera, de medo, de incertezas, jamais imaginaria que Francisco terminaria seu noivado, que trocaria a vida de luxo que levava no Rio de Janeiro para voltar a morar no casarão dos pais, mesmo que por pouco tempo, conforme escreveu em sua carta.

Rosa, naquele momento, muito confusa, perguntava-se o que deveria fazer, qual decisão deveria tomar. Depois de ter passado por tantas dificuldades, encontrou uma pessoa que a aceitou sem fazer muitos questionamentos e imposições. Já estava adaptada a sua nova vida, todos a receberam sem distinções e, pela primeira vez, sentiu-se amada de verdade.

Desejou que a irmã estivesse ali para ajudá-la, mas nem poderia contar com isso. Rosa sequer confiou na irmã e nem saberia por onde começar a contar toda a história e, principalmente, não teria coragem de encarar a todos depois de tantas mentiras contadas.

Após a leitura daquela carta, ela teria que decidir. Seria a escolha mais difícil de sua vida, decisão que caberia somente a ela.

Tentou entender o motivo daquela procura. "Por que somente agora? Por que ele não respondeu as minhas cartas?", perguntava-se.

Perdeu as contas de quantas oportunidades havia dado a ele. "Se você tivesse respondido a uma única carta pelo menos..." "Por quê, Francisco? Por que somente agora? Por que eu deveria acreditar em você novamente?" "O que os pais de Miguel pensarão de mim? No mínimo, dirão que sou uma aventureira e irresponsável."

Rosa, desde a adolescência, era apaixonada por Francisco, mas suas falsas promessas e o estilo de vida que ele levava no Rio de Janeiro contribuíram para que ela se desiludisse. Ao sair em busca da realização de seus sonhos, conheceu Miguel e se deixou envolver por ele.

Esquecer Francisco não seria algo fácil, ela sabia muito bem disso, mesmo porque ele era o grande amor de sua vida.

Alcântara, 4 de maio de 1998

Querida Maria,

Estou retornando para São Luís. Ainda não posso dizer se volto em definitivo. Quero acreditar que tomei a decisão correta desta vez.

Sei que a deixei confusa com essa notícia, mas, assim que eu chegar, você entenderá. Prometo te contar tudo.

Esta carta será muito breve, apenas para informar a data da minha volta e, quanto ao horário, ainda não poderei dizer, pois não sei qual ferry boat *irei tomar, mas não chegarei depois do meio-dia.*

Não sei se Miguel concordará com minha decisão. Caso não aceite, darei o meu jeito, mas voltarei.

Esteja no Cais da Praia Grande nesse dia, por favor!

Dentro do mesmo envelope, você encontrará a carta resposta para Francisco, conforme me solicitou.

Em breve estaremos juntas novamente.

Rosa

Em um belo dia, Maria Cecília ia em direção ao centro quando passou por João Miguel que, meio sem jeito, optou por não dar atenção a ela, mantendo-se em seu trajeto. Ela precisou apressar os passos para acompanhá-lo e, quando conseguiu, foi direto ao assunto de sua curiosidade. Na verdade, ela desejava especular um pouco sobre a vida de Edésio.

— Você saberia me dizer se Edésio teve muitas namoradas? Sabe se ele gosta de alguém?

Quando percebeu o interesse da jovem, desacelerou seus passos, mostrou-se solícito, começou a cortejá-la e, mentindo, disse que Edésio nunca quis namoro sério, por isso que ele nunca tinha namoradas para apresentar.

Quanto mais perguntas ela fazia, mais ele a enaltecia. Elogiava seus atributos, sendo até desrespeitoso com o olhar.

— Você sabe alguma coisa sobre uma moça que mora em um sobrado? — perguntou-lhe Maria Cecília.

Ele parou de caminhar, pensativo, ficou olhando para ela... "Devo ou não responder?", pensou.

— A digníssima moça do sobrado da Rua da Memória... — acabou respondendo, e voltou a se perguntar: "Falo ou não?" — Sim. Sei. Tem uma jovem que mora lá e, pelo que me consta, ele tentou alguma coisa mas o pai dela o colocou para correr. Sei onde ela mora. Se você quiser, eu posso te levar até lá.

A curiosidade em saber quem era a moça por quem Edésio estaria ou esteve interessado aguçou a curiosidade de Maria Cecília. Assim, foi seguindo os passos de João Miguel em direção ao endereço.

Caminhavam praticamente lado a lado quando um senhor passou por eles e disse algo:

— Seu nó-cego!

Maria Cecília teve a impressão de que aquele comentário havia sido dito para o rapaz, que não reagiu a ele, apenas se encolheu e nada comentou.

João Miguel sabia muito bem do que se tratava. Não demorou muito para que se lembrasse das palavras ditas por seu Zé, porém, ainda assim, continuou o trajeto.

— Seu casca de ferida! — ouviu logo em seguida, juntamente com um forte tapa recebido na nuca.

— Você não vai fazer nada? Não vai falar nada? — disse Maria Cecília, puxando-o pelo braço.

Com medo de que ela insistisse em saber o porquê, após o sexto insulto, desistiu de levá-la ao local desejado, deu-lhe uma desculpa e voltou para casa.

Acompanhado por parte do grupo, Edésio seguiu para mais um batismo antes de começarem as brincadeiras.

Estava deslumbrantemente enigmático o novo bordado do couro feito por sua mãe. Além da bandeira, do brasão, dos santos, talvez houvesse algo de místico, com poderes especiais, que, mesclados àquela diversidade de desenhos e de cores, davam destaque à originalidade de uma árvore.

Quando foi perguntada sobre aquele símbolo da vida, ela, com a sabedoria que lhe era peculiar, disse que era a árvore da vida do filho cuja história já havia sido iniciada. Os detalhes das folhas sendo levadas por um vendaval significavam que sua vida passaria por transformações, perderia sua roupagem, como acontece com as árvores na estação do outono, e que as verdades ocultas seriam reveladas quando a árvore estivesse totalmente despida. Por mais dolorosas que fossem, caso houvesse amor verdadeiro, de todas as partes envolvidas naquele processo de transformação, todas as ações, mentiras e omissões seriam perdoadas, pois um sopro renovador já começava a fazer as devidas mudanças.

Aqueles que olhassem bem atentamente perceberiam que, dentro dos bordados das folhas sopradas pelo vento, havia palavras otimistas.

Aquele bordado estava realmente fantástico. Era um pedido ao grande Criador.

Enfim, chegou a hora das brincadeiras. A agenda do grupo Eita, Boi Arretado! estava com muitas apresentações naquele ano. Na lista, anotações dos diversos arraiais pelos quais se apresentariam.

Edésio era agora o responsável por firmar os compromissos e ele jamais permitiria que o grupo perdesse um único compromisso: Arraial da Vila Palmeira, Arraial do Ipem, Arraial da Praça Maria Aragão, Arraial da Praça Nauro Machado, Arraial do Parque Folclórico da Vila Palmeira, do Ceprama, do Largo do Caroçudo, da Renascença, entre outros não tão famosos.

Porém, na agenda, havia um arraial com uma sinalização de observação. Muitos pensariam que ele havia se equivocado. Entretanto, ao anular aquele, Edésio se deu conta de que ainda não tinha esquecido.

E lá estava ele, de volta à angústia do passado; passado agora bem vivo, algoz e enfurecido. A dor, outrora esquecida, voltou com toda a sua intensidade. Ele achava que já havia superado aquele incidente. Porém, a tristeza estava apenas adormecida.

Deixar de cumprir aquele compromisso colocaria em risco a respeitabilidade do grupo. Então, por qual motivo o nome daquele arraial estaria sinalizado? Deixar de honrar aquele compromisso seria uma decisão um tanto quanto imatura, principalmente para quem decidiu mudar o curso de sua vida e seguir em frente.

Edésio acreditava que seu orgulho e a companhia constante de Maria Cecília haviam colocado um ponto final naquele tormento. Embora ele não pudesse mudar o passado, sonhar com um novo futuro e fazer planos com aqueles que se encontravam ao seu lado não teria nada de errado.

Mas de quem estaria sendo aquele pensamento: de Edésio ou do Boi?

A programação estava sendo cumprida à risca. Os participantes estavam tão eufóricos que, de repente, surgiu um sopro renovador trazendo a alegria de volta. Seu Zé jamais imaginou que os festejos daquele ano o deixariam tão extasiado. Fazia muito tempo que ele não sentia aquela empolgação.

Os participantes brincavam entre si, riam uns dos outros e, principalmente, riam de si mesmos quando a situação lhes era desfavorável.

E, no meio de tudo aquilo, surgia um novo casal. O entrosamento entre Edésio e Maria Cecília já não passava mais despercebido.

Os incentivos para que aquele namoro se iniciasse logo eram incessantes por aqueles que desconheciam as decepções sofridas pelo rapaz. Entretanto, para seus pais, havia a preocupação de que o filho estivesse, talvez, tentando preencher um espaço vazio e, o mais preocupante disso tudo: com alguém de quem ele não gostava de verdade. Não para um relacionamento sério no futuro, afinal, ele ainda era muito jovem para se casar.

A interação entre os brincantes e os integrantes do grupo estava tão harmoniosa que, a cada passagem pelos arraiais, a despedida ficava cada vez mais difícil. O grupo respeitava fielmente a agenda e, em cada arraial, assim que a finalidade era cumprida, saíam dele deixando um gosto de quero mais. E seus brincantes seguidores acompanhavam o grupo.

Durante a arrumação das fantasias, Maria Cecília encontrou a agenda com o roteiro das apresentações. Havia alguns arraiais que ela ainda não conhecia, afinal, não fazia muito tempo que ela e seu pai haviam se mudado para São Luís. Porém, um chamou-lhe a atenção em especial, principalmente, pelo tipo de apontamento feito nele, indicando que, talvez, não haveria apresentação naquele lugar que era um dos que mais aguçavam sua curiosidade.

Na primeira oportunidade que tivesse, perguntaria a Edésio o motivo da desistência. "Quem sabe ele não mudaria de ideia?", pensou.

Mudar a agenda de apresentações não estava em seus planos. Na verdade, não haveria mudança, ele apenas não havia ratificado aquele compromisso com ele mesmo.

Maria Cecília, num momento a sós com Edésio, disse ter visto sinalizado o nome de um determinado arraial no cronograma de apresentações, dando a entender um possível cancelamento.

— Há muito tempo espero conhecer esse lugar de apresentação, mas meu pai ainda não teve tempo de me levar. Fica no bairro onde moraram os meus avós paternos — apressou-se em dizer, calando-se logo em seguida por medo de estar sendo inconveniente. Criou coragem novamente e, sem o deixar explicar, coisa que dificilmente ele faria, perguntou-lhe se ele realmente tinha planos de cancelar.

Edésio pensou rapidamente. Seria mais fácil e menos doloroso agradar a jovem a ter seus sentimentos revelados, mesmo que essa visita viesse acompanhada por lembranças amargas e pela abertura de novas feridas, ainda que as antigas não estivessem totalmente cicatrizadas.

Ou talvez, atender ao pedido de Maria Cecília poderia ser um indicativo de que o passado já não significava tanto. Será que não?

"Nada como o tempo", Edésio lembrou as palavras de sua mãe. Em seguida, respondeu:

— Sim, faremos a apresentação nesse arraial — respondeu, sem muito entusiasmo.

Por um momento, ao ver o doce e largo sorriso da moça, esqueceu a decepção que teve no passado. Ela sequer imaginava o motivo pelo qual ele ainda tinha dúvidas se faria ou não aquela apresentação.

Edésio precisava ser forte para enfrentar os velhos e os novos sentimentos que, com certeza, ainda estariam por vir.

Seu pai, quando soube, ficou confuso, porém aliviado. Ele, respeitando a decisão do filho, de não querer se apresentar no arraial daquele bairro, até cogitou ir em seu lugar. Assim, o filho ficaria em casa. Talvez tivesse sido por isso que Edésio não havia cancelado o compromisso.

"Acho que meu filho está gostando mesmo dela", pensou, tentando acreditar de verdade em sua suspeição.

Culpou-se por ficar aliviado com aquele provável namoro, pois não havia um único dia em que ele não quisesse contar ao filho sobre o acidente de Ana. Entretanto, em todas as vezes que via a felicidade do rapaz, mudava de ideia. Sentia-se um covarde, um traidor, e justificava sua atitude ao lembrar-se das palavras de Francisco: "Eu não sei como o senhor dará essa notícia ao seu filho... Talvez fosse melhor nem comentar. Ana jamais me perdoará e, com certeza, ver seu filho neste momento trará mais desespero para ela."

Que ironia! O pai descobriu o nome da jovem antes que o filho e ainda ficou sabendo de muito mais coisas; segredos que precisou esconder até mesmo de D. Firmina, a contragosto.

Além disso, o medo de que Edésio pudesse cometer alguma estupidez com João Miguel foi um dos principais motivos para que não comentasse nada.

Seu Zé olhou para o suposto novo casal. Sua intuição dizia que seu filho ainda continuava apaixonado por Ana. Será que ela estaria errada? Será que ele deixou de ser entendedor sobre o assunto amor?

"Será que ele gosta mesmo dessa dona moça? Como o pessoal percebeu antes de mim? Eu sou seu pai. Eu conheço o seu coração, ou pelo menos achava que o conhecia...", pensou.

Edésio, com muita naturalidade, ratificou a apresentação no Arraial da Praça Nauro Machado.

"Só isso? Não vai falar mais nada?", pensou seu Zé, enquanto aguardava pelas respostas às perguntas que gostaria de ter feito ao filho, porém, não fez.

— Bom, pelo menos a dona moça gosta de festejos. A tradição familiar será continuada — murmurou, após um falso suspiro de alívio.

As apresentações do grupo estavam sendo feitas com muita maestria, deixando sempre um gosto de "quero mais" em todos os arraiais pelos quais passava.

―――•∘⊙⊙⊙⊙∘•―――

E chegou o dia do enfrentamento que ele tanto evitava.

Edésio disse aos pais que iria antes de todos naquele dia, pois atenderia a um pedido de Maria Cecília e que ambos aguardariam no local combinado a chegada do ônibus com o pessoal, e do caminhão com as indumentárias. Àquela altura, ao ter seu pedido realizado, a jovem sentiu-se mais próxima dele. Afinal, ele havia voltado atrás em sua decisão.

Caminhavam vagarosamente pelas ruas do bairro. Ele não muito falante e ela, euforicamente, contava as histórias de sua família, sem dar chances para que ele dissesse algo, caso quisesse. O que seria muito improvável.

Edésio, com os pensamentos distantes, era sempre chamado de volta à conversa. Na verdade, colóquio de uma pessoa só, pois somente ela falava, mas ainda assim, conseguiu fazê-lo rir algumas vezes.

Andavam em direção ao bairro João Paulo, um dos mais antigos de São Luís, quando Edésio, distraidamente, chocou-se com um pedestre que vinha na direção contrária. Rapidamente, levou a mão ao ombro para conter a dor e se virou quase de imediato, talvez, com intenção de reclamar. Porém, acabou desistindo e pediu desculpas, assumindo ser dele a culpa pela distração.

Jamais imaginou que as estaria pedindo àquele homem que o havia insultado e o colocado para correr, sem ao menos ouvir o que ele tinha para falar. Antes que fosse tomado pela raiva, Edésio, notando o semblante triste daquele indivíduo, sem saber por qual motivo, compadeceu-se com sua angústia. Logo sentiu uma dor no peito, seguida por uma tristeza profunda que fez tudo a sua volta ficar escuro, como se todas as cores tivessem sumido do mundo.

Aquele senhor, ao ver o rosto do rapaz, por um breve instante achou que o conhecia de algum lugar, mas, frustrado pela dificuldade em se lembrar, ou talvez porque já não faria diferença alguma, com o semblante triste e um pequeno gesto feito com a cabeça, aceitou as desculpas e voltou a olhar para o chão, retomando seu caminho.

Edésio ficou parado sem esboçar qualquer reação. Olhou o distanciar daquele sujeito que outrora havia ferido sua dignidade e ceifado seus sonhos. Sequer teve a chance de se apresentar conforme se preza a todos de boa educação.

Maria Cecília somente percebeu que falava e andava sozinha quando já estava a alguns metros de distância. Nesse momento, parou e se virou em busca de Edésio, que estava estático, olhando para o nada.

O vazio que sentiu no coração ao ver o rosto abalado daquele homem foi tão intenso que Edésio não pôde evitar um devaneio: "Ela morreu." Logo sentiu um pavor interno somado a uma vontade de gritar de arrependimento por não ter sido mais insistente na tentativa de uma aproximação.

Depois de muita insistência, Maria Cecília conseguiu trazê-lo de volta de onde quer que ele estivesse. Ao perceber o desinteresse do rapaz em continuar aquele passeio, tomou a iniciativa e sugeriu a volta para casa. Assim, descansariam um pouco até a chegada do pessoal. O trajeto de volta foi feito no mais absoluto silêncio.

Como ela não percebera o esbarrão entre os homens, ficou sem saber o porquê daquele comportamento. Entretanto, não se culpou por ter sido tão tagarela, afinal, o motivo da mudança de atitude dele não fora por causa de seu jeito de ser; ele até riu de algumas de suas histórias... Então, chegou à conclusão de que tinha um fundamento a não inclusão daquele bairro na agenda de apresentações. "Deve ser a tal garota do sobrado...", deduziu, depois de se lembrar da conversa que teve com João Miguel.

"Não. Não vou perguntar", pensou. Sentiu-se culpada e arrependida por ter insistido naquele passeio. Como ela poderia saber que aquele bairro iria reviver algo que ele escondia de todos e que procurou a todo custo evitar.

Quando ela ameaçou dizer qualquer coisa, ele se antecipou:
— Você tem razão. Vamos voltar. Ficaremos muito tempo parados aqui e será muito cansativo — disse.

Ao chegarem em casa, sua mudez e desmotivação foram notadas. Seus pais se entreolharam. Seu Zé fez menção de dizer alguma coisa, porém, desistiu. Achou que qualquer coisa que dissesse naquele momento poderia provocar reações e sentimentos diversos; então, saiu em busca de Maria Cecília para saber o que havia acontecido. A jovem nada disse, porém, encolheu os ombros, insinuando que também gostaria de saber.

Edésio entrou em seu quarto e deitou-se na cama. Jamais deixaria de honrar qualquer compromisso. A apresentação naquele arraial teria que ser feita a qualquer custo.

"Àquela cujo nome não descobri: você ficou com a metade do meu coração", pensou. Logo em seguida, relembrou o momento em que sua mãe explicava sobre o extraordinário bordado do couro daquele ano.

Já eram quase cinco e quarenta da tarde quando o último integrante chegou ao barracão. Os componentes precisaram entrar às pressas no ônibus fretado. As indumentárias mais delicadas e o Boi seguiriam no caminhão-baú. Eles teriam que ser rápidos, pois o Eita, Boi Arretado! seria o primeiro grupo a se apresentar na Praça Nauro Machado e seria o único de sotaque de matraca daquele dia.

Assim que o Boi foi tirado do baú, Edésio entrou debaixo dele, fez uma oração e agradeceu por não haver lugar melhor para estar naquele momento.

Com seu gingado despretensioso e ao mesmo tempo intrigante, ele agraciou a todos com sua espantosa apresentação. Apenas o boi como testemunha do cair das lágrimas daquele miolo envolto em suas memórias. E, quando tudo terminou, Edésio preferiu fazer uma caminhada em vez de participar do roteiro gastronômico. Disse estar sem fome naquele momento. Então, durante aquela hora de intervalo, entre o translado até o próximo arraial, ele saiu sem rumo certo, porém, sua intuição dizia qual direção tomar.

Enquanto caminhava, observava as decorações, apreciando demoradamente cada detalhe. Considerou tudo absurdamente colorido. A maioria das sacadas dos sobrados estava divinamente decorada.

Será que ele já havia se esquecido das decorações anteriores ou será que seu coração estava mais sensível e seus olhos mais abertos para o exterior?

Ele queria acreditar que caminhava despretensiosamente, mas quando se deu conta, estava voltando ao passado; não dava mais tempo de fugir. Ele acabara de virar à direita na Rua da Memória. Baixou a cabeça e continuou seguindo o caminho, olhando apenas para o chão. "Não olhe para a direita!", disse para si, lembrando-se da frustração do ano anterior ao se deparar com suas portas fechadas. "Não olhe para a direita!", repetiu inutilmente. Sabia que não obedeceria a sua própria ordem e acabaria olhando para a sacada daquele sobrado onde morava a moça cujo nome desconhecia e cuja beleza era mencionada em seus poemas.

Edésio foi surpreendido por uma dor aguda no peito que o fez ficar sem ar e sem palavras. Relutante, por um breve momento, não quis acreditar naquilo que via. Até quando ele seria enganado por seus pensamentos? Aquela imagem fria e sombria, com suas janelas e porta fechadas nos tempos de outrora, havia sido substituída por lindos tecidos alegres, fitas, bandeirinhas coloridas presas de ponta a ponta naquela sacada.

Seria fruto de sua imaginação?

E foi quando seu coração se encheu de novas esperanças.

— Ela está viva! Ela está viva! Como fui um tolo ao tirar conclusões precipitadas.

Depois daquele susto, finalmente, Ana se deu conta de que não demoraria muito para voltar a andar, caso seguisse fielmente as recomendações médicas. O medo de perder parte da perna em uma amputação por causa de uma necrose, e tudo por causa de sua desobediência, fez com que ela reavaliasse seu comportamento.

Passados alguns dias, parecendo estar mais resiliente e aceitando que precisava dar tempo ao tempo, ela pediu para voltar a dormir em seu quarto, alegando que seria fundamental para acelerar o processo de recuperação. Prometeu não fazer nenhuma besteira. Além disso, a ideia de ver seus pais separados estava contribuindo negativamente em sua melhora, acrescentou.

No primeiro dia de volta ao seu quarto, antes de se recolher, seu pai criou coragem para conversar com ela. Bateu levemente à porta concomitantemente a sua abertura. Ele estava determinado a conta-lhe algo, porém, Ana já se encontrava em sono profundo. Quis beijar-lhe o rosto. Hesitou, deu-lhe apenas boa-noite em pensamento, saindo silenciosamente do quarto após fechar a porta cuidadosamente.

Sua determinação e resiliência seriam postas à prova com a retirada do gesso na semana seguinte.

Seguiu à risca as recomendações médicas. Daquela vez, porém, o inimaginável aconteceu. Ana mal conseguia ficar em pé, tamanha dor que sentia. Talvez houvesse apenas a necessidade de fortalecimento muscular, mas, na cabeça daquela jovem, ela pensava: "Jamais vou voltar a andar!" Era somente isso o que passava por ela.

Era sua pior crise. Estava completamente desacreditada nela mesma. Gritou e esbravejou duras palavras e tudo porque não conseguia se manter de pé sem precisar se apoiar em algo. Suas pernas tremiam e não tinham forças para suportar todo o seu peso corporal.

— É apenas o primeiro dia de tentativa, minha filha. Não seja tão cruel com você mesma! — disse sua mãe.

Nem sua tia Antônia, que veio lhe fazer uma visita surpresa, conseguiu animá-la e incentivá-la a continuar perseverante. Aos berros, gritava de seu quarto, desejando a morte.

Assustados, Francisco, Maria e Antônia se entreolharam. Naquele encontro de olhares, cada um guardava um segredo, ou melhor, várias confissões. O olhar de Antônia pressionava o irmão a tomar uma atitude; no olhar de Francisco para Maria, ainda havia algumas dúvidas. Em contrapartida, o olhar contundente de Maria dizia que havia chegado o momento.

Ela tomou a iniciativa e foi acompanhada por Antônia e Francisco. Assim que entraram no quarto da jovem, posicionaram-se bem em frente a sua cama e, ao vir a entrada de todos ao mesmo tempo, parou de gritar e fez silêncio.

Maria iniciou a conversa.

— Ana, temos algo muito importante para te falar. Não contávamos que você passaria por essa situação tão delicada. Porém, dentro da minha fé, acredito que você se sairá vitoriosa com a graça de Deus — disse, erguendo os olhos para o alto, ao mesmo tempo em que fazia o sinal da cruz terminado nos lábios.

— Eu não sou a sua verdadeira mãe — disse sem rodeios, indo direto ao ponto.

— Eu não posso ter filhos, mas quero que saiba que sempre a considerei minha filha, ou melhor, você sempre será a minha filhinha querida. A sua mãe se chamava Rosa. Você na verdade é minha sobrinha, filha de minha irmã. Ela veio a falecer no hospital para onde foi levada.

— Você foi o milagre daquele dia, disseram os médicos, que não mediram esforços para, também, tentar salvar a vida dela. Sua mãe não conseguiu ver o seu rostinho, mas o seu nome foi escolhido por ela. Fizemos questão de honrar o seu desejo.

Maria continuou falando enquanto Ana escutava tudo em silêncio.

— Nós guardamos todas as correspondências dela. Sabíamos que chegaria o momento de contar toda a verdade. Por várias vezes nos questionamos se nós fizemos a coisa certa. Caso não tenhamos, humildemente, pedimos desculpas. Somos seres humanos e somos errantes. Mas tudo o que fizemos foi com a mais pura das intenções. Eu quero que você saiba de uma coisa: eu sempre te amei e, para sempre, será a minha Ana.

Quieta até aquele momento, a jovem quebrou o silêncio ao se direcionar a Francisco, de quem esperava ouvir qualquer coisa.
— E você não deve ser meu pai tampouco...
— Eu não sei se você ficará feliz em saber, mas sim, eu sou o seu pai biológico. A sua mãe Rosa e eu nos conhecíamos desde crianças. Quando adolescente, eu havia feito uma promessa a ela, porém, durante a minha formação no Rio de Janeiro, acabei me deixando seduzir pela vida mundana e, ludibriado pelos prazeres da vida, acabei me esquecendo dela, da promessa, não de sua mãe — disse para a filha, ao mesmo tempo em que olhou para Maria, ao perceber que ela choraria a qualquer momento.

Francisco começou a se sentir mais leve e, para que conseguisse tirar, de vez, aquele peso de dentro dele e se livrar do remorso, deu continuidade. Aquele era o momento, se certo ou não, seria sua última chance.
— Alguns dias após o enterro de meu pai, sua mãe e eu tivemos um encontro e, naquela época, eu já estava noivo de uma colega de faculdade. Ninguém sabia, nem mesmo meus pais, acreditava eu. Por isso, nada falei com ela e deixei meu lado canalha e soberbo falar mais alto. Durante muito tempo, quis acreditar que eu havia, apenas, omitido aquela informação.

Porém, sabia que também enganava a mim mesmo. Eu menti para sua mãe, tive vergonha e acabei não me reconhecendo mais. Então, antes de partir, estava determinado: a minha volta para o Rio de Janeiro seria para conclusão de meu estágio e para terminar com aquele noivado. Eu amava a sua mãe. Ela, esperançosa, mandava-me cartas e me mantinha informado sobre todas as notícias. As suas correspondências foram extraviadas propositalmente pela minha ex-noiva e seu pai. Quando eu finalmente tive acesso a elas, a sua mãe já tinha se unido a um outro homem. Quando você se achar pronta para ler todas as cartas ou se quiser, podemos trazê-las agora.

— Não. No momento não as quero ler. Prefiro que vocês falem suas versões da história — disse, interrompendo seu pai.

Francisco ainda precisava falar algo para Ana.

— Minha filha, a sua mãe, em sua última carta para mim, não deixou bem claro se aceitava as minhas desculpas e se estava disposta a um novo recomeço. Ela apenas disse que queria conversar pessoalmente.

Com a voz embargada, Francisco puxa Maria para perto dele e a abraça.

— Eu aprendi a te amar, Maria — disse baixinho, em seu ouvido, abraçando-a o mais forte que pôde.

A conversa foi até tarde da noite naquele dia. Ainda teriam muito o que conversar.

— Eu também tenho algumas histórias para contar, mas acho que já foi o suficiente por hoje. Boa noite! — disse Antônia, olhando de relance para Francisco, que acompanhou o caminhar da irmã com um olhar de interrogação.

Ana, após saber a verdade, sentindo-se mais leve, encontrou a motivação que faltava.

— Basta de perdas nesta família — disse a jovem, antes de adormecer.

O vento que passou a entrar pelas sacadas daquele sobrado colonial a partir daquele dia de revelações foi como um sopro divino. Trouxe leveza, paz e felicidade para seus moradores. Nada como a verdade para fortalecer as relações.

Todos estavam empenhados em ajudá-la em seu processo de recuperação. Os seus obstáculos mais difíceis seriam superados gradativamente.

Já haviam-se passado três dias daquela confissão e, após telefonema da filha, Antônia precisou retornar a São Paulo; urgência que deixou Francisco e Maria preocupados. Antes de seu embarque, pediram que os mantivessem informados.

— Qualquer coisa que você precisar, minha irmã, estando ao nosso alcance, não hesite em nos pedir.

Alcântara, maio de 1998

Após discutirem sobre o conteúdo da carta, Rosa e Miguel se desentendem seriamente. Ela, intransigente, não quis ouvir os conselhos dele e não deu importância às suas preocupações.

— Miguel, eu irei, querendo você ou não. Volto para São Luís daqui a duas semanas mas, até lá, eu prometo pensar em tudo o que você me disse. Eu jamais encontrarei, nessa vida, um homem com tantas qualidades e virtudes — disse, enquanto se aproximou dele para lhe dar um abraço. Miguel se esquivou, deu-lhe as costas e saiu do quarto batendo a porta com raiva.

Durante aquelas duas semanas intermináveis, Rosa pensou muito. Ainda não estava muito segura da decisão que tomaria. Resolveu escrever uma nova carta; nela, relatou tudo o que a afligia: suas esperanças, seus anseios, seus sonhos, coisas que seu destinatário deveria saber antes de reassumir qualquer compromisso. Com medo da curiosidade de Miguel, com receio de que ele a lesse escondido sem sua permissão, colocou-a dentro do envelope junto com a antiga carta resposta para Francisco e que fora esquecida de ser inserida em sua última correspondência para Maria.

Na manhã seguinte, Rosa quebrou o silêncio instaurado entre os dois desde o dia da discussão e, antes que ele deixasse a casa para o trabalho, ainda durante o café da manhã, pediu desculpas.

— Você estava certo, Miguel. Seria uma loucura de minha parte. O melhor a fazer é chamarmos Maria para vir nos visitar por uma ou duas semanas. Quem sabe ela não ficaria para a celebração da Festa do Divino?

— Foi a melhor decisão que você tomou. A mais sensata até agora!

— Você poderia postar essa carta para ela? Eu resolvi antecipar parte da história. Quando ela chegar, eu revelarei a outra.

Agradeceu-lhe com um beijo no rosto.

Após a partida dele, esperou por quase duas horas, foi até o quarto, abriu as gavetas e pegou algumas peças de roupas para ela e para o bebê. Depois, retirou o anel do dedo, abriu a gaveta para pegar a carta que deixaria ao lado da aliança na mesa de cabeceira e foi quando se deu conta de que havia esquecido de tirá-la de dentro daquela correspondência. Pensaria o que fazer a respeito durante o trajeto. Não podia perder mais tempo. Saiu com destino ao Porto do Itaqui/Cujupe. Rezou para que Maria não tivesse se esquecido da data em que chegaria a São Luís. Seria naquele dia.

———∞◉◉◎◉◎◉∞———

Maria já aguardava no Porto da Praia Grande havia um bom tempo e ficou sem entender por qual motivo a irmã não confirmou o horário de chegada.

— Essa mudança tão intempestiva... Por qual motivo Rosa mudou de ideia de repente? Eu sabia que aquela união havia sido precipitada... Rosa, Rosa... Por que tanta pressa na vida?

A embarcação já tinha atravessado a metade da Baía de São Marcos quando Rosa começou a sentir fortes dores na barriga. Para algumas senhoras que estavam perto dela, comunicou que estaria grávida e que faltavam duas semanas para o nascimento do bebê, conforme última consulta médica.

Quem olhasse para ela, jamais diria que estivesse grávida e muito menos que estaria perto da quadragésima semana. Ficaram ao seu lado dando-lhe força e dizendo palavras otimistas.

— A minha irmã está a minha espera no Porto da Praia Grande — disse, desejando que Maria realmente estivesse lá.

Tão logo a embarcação atracou, Rosa saiu amparada. Quando Maria a viu, correu em sua direção, perguntando:

— O que houve? O que aconteceu?

— Maria, leve-me para um hospital! Eu não posso perder meu bebê! — disse, em desespero.

Maria ainda sem entender. Era uma confusão de vozes ao mesmo tempo.

— Corre, minha filha, ela está prestes a dar à luz! — disse uma das senhoras à Maria. — Que Nossa Senhora do Bom Parto proteja a sua irmã e o bebê em seu ventre!

Aquelas senhoras, vendo a inércia de Maria, gritaram pedindo ajuda para que chamassem um táxi. Um carro de passeio, que naquele momento passava pelo local, foi parado e seu motorista, muito solícito, as levou para o hospital mais próximo do local.

Assim que chegaram, Rosa foi logo encaminhada para a emergência, enquanto Maria, nervosa e ainda confusa, segurava os pertences da irmã, passando no balcão de atendimento as poucas informações que sabia sobre Rosa: nome completo, endereço; não sabia muito, logo, lembrou-se de procurar por qualquer documento original dentro da bagagem.

Após longas horas de espera, Maria ouviu seu nome ser chamado na sala de espera da emergência. Ela foi encaminhada até uma sala onde um dos médicos de plantão, que fez parte do atendimento de emergência, foi falar com ela.

— Lamentamos muito, mas não conseguimos salvar a sua irmã. Ela teve uma hipotonia uterina. A placenta se deslocou do útero, ou por trauma ou de forma espontânea. Ela chegou aqui com um pequeno sangramento transvaginal que se tornou abundante após o parto, o que acarretou em sua morte em decorrência da hemorragia profunda.

Maria ficou sem chão. Precisou ser amparada.

— E... e o bebê? — perguntou, com medo e ainda insegura sobre aquela nova informação.

— Conseguimos salvar o bebê. É uma menina. Por pouco quase a perdemos. Ela foi o milagre desse dia, porém, precisará ficar alguns dias em observação. A senhora poderia informar ao esposo dela? Ele precisará preencher alguns documentos para que a criança receba alta quando esse momento chegar.

Ao perceber o constrangimento de Maria...

— Desculpe-me. Ela era casada, não?

Completamente desorientada, Maria deixou o hospital.

— Por quê, Miguel? Por que você permitiu que ela fizesse essa viagem sozinha? Por que você não veio junto?

Pensou em falar com Francisco, depois mudou de ideia. Ele já tinha problemas demais também. Então, resolveu ir para casa. Ela não havia se dado conta de que apertava fortemente contra o peito a bagagem da irmã.

Chegando em casa, saiu do estado de choque e chorou. Chorou muito. Apertava a bolsa da irmã contra seu peito enquanto suas lágrimas caíam todas as vezes em que se lembrava da última fala de Rosa. Dormiu agarrada à bolsa.

No dia seguinte, logo bem cedo pela manhã, ela pediu a uma vizinha amiga para ajudá-la nas providências para o enterro, que seria no final da tarde. Foi por intermédio dessa amiga em comum, que Francisco ficou sabendo sobre a morte de Rosa.

Maria voltou ao hospital para saber sobre o estado de saúde do bebê e disse que faria contato com o pai da criança ainda naquele dia. Se ela não tivesse esquecido de pegar o endereço dele, poderia ter ganhado tempo e conseguiria tomar o próximo *ferry boat* para Alcântara.

Mas, para seu espanto, Miguel já aguardava por ela em frente à sua casa. Nem precisou dizer nada... Miguel logo deduziu que algo havia acontecido.

Abriu a porta da casa e o convidou para entrar. Miguel falou tudo o que sabia sobre a situação de Rosa. Ele se espantou quando ela disse que sequer sabia que a irmã estava grávida.

— Ela havia me enviado uma carta dizendo o dia em que chegaria, hoje, e pediu para que eu a esperasse. Não previu um horário certo, apenas um estimado, e em nenhum momento mencionou sobre a gravidez. Se eu soubesse, jamais permitiria que fizesse aquela travessia. Porque você a deixou vir, Miguel? E naquela condição?

— Maria, eu não sabia que a Rosa viria. Nós brigamos por causa disso. Eu fui contra essa viagem desde o início. Eu disse que não concordava com a decisão dela, porém, ela me enganou. Por favor, não me culpe!

Maria não tinha outra opção senão ouvir o que aquele rapaz tinha para dizer. Como saberia se era verdade ou não?

— Maria, acredite em mim! Ontem pela manhã, ela me pediu desculpas e disse que eu tinha toda a razão. Mandou que eu enviasse uma carta, na qual a convidávamos para passar uma ou duas semanas com a gente. Ela queria que você estivesse lá para a Festa do Divino. Nessa carta, ela já comentava sobre a gravidez, e disse que você saberia de tudo quando estivesse lá.

— Eu não recebi essa carta! A única correspondência que recebi foi há duas semanas, mais ou menos.

— Você não a recebeu porque eu postei ontem! Assim que eu saí para o trabalho, ela pegou alguns pertences e partiu. Foi isso que aconteceu.

— Perdão, Miguel! Eu nem sei o que dizer!

— Você vai falar com o pai da criança?

— Miguel, se eu nem sabia que minha irmã estava grávida, como vou falar para ele que tampouco sabe que é o pai?

— Não. Não olhe para mim. Vamos fazer o seguinte, aguardemos a chegada da carta. Assim, saberemos as suas últimas palavras.

— O hospital vai solicitar a presença do pai para dar alta ao bebê. Você poderia se passar por ele, apenas para ele poder sair de lá. Falarei com Francisco, mas não agora. Eu gostaria de ficar alguns dias a sós com a filhinha de minha irmã. De qualquer forma, temos que esperar pela correspondência.

— Você avisou ao Francisco sobre o funeral?

— Pedi que o avisassem. Miguel, você pretende falar alguma coisa com ele? Por favor, não fale nada!

— Eu não. Mas você deveria, Maria! Quanto mais mentira e omissão, mais sofrimento para as partes envolvidas.

As pessoas que conheceram aquele casarão por dentro ficariam chocadas com seu estado atual.

Quando foi informado sobre a morte de Rosa por um de seus empregados, Francisco se entregou à bebida. Culpou-se por não ter respeitado sua vontade quando ela o havia pedido para não procurá-la mais. Seu egoísmo resultou em seu falecimento.

Arrependeu-se de ter ido para o Rio de Janeiro, arrependeu-se do envolvimento com Rachel, arrependeu-se de não ter cumprido as promessas feitas à Rosa, arrependeu-se de ter mentido...

— Maria nunca mais falará comigo. Por minha culpa, ela perdeu a irmã que tanto amava. Eu perdi uma grande amiga e o grande amor de minha vida — disse, enquanto enchia mais uma vez o copo com a bebida destilada. Entre um gole e outro, voltava a falar sozinho: — Se ela não veio pessoalmente falar comigo sobre a morte de Rosa, é porque sabe de toda a história. Não quer que eu vá ao enterro dela porque está com ódio de mim e com razão. Vou respeitar a sua vontade.

Francisco nunca havia gostado daquela residência. Logo, era indiferente a seu estado de conservação. Caminhava por seus cômodos procurando se lembrar dos momentos felizes em família, mas era em vão. Não havia crescido em companhia da irmã. Sua mãe mal falava com ele, e acreditava que Antônia recebera toda a atenção da mãe porque fora separada da família ainda muito pequena e enviada para São Paulo sob o pretexto de receber uma melhor formação. Assim disse seu pai a ele, quando já tinha idade para compreender algumas coisas.

E, em relação a seu pai, Francisco passou a suspeitar que ele pudesse ter transtorno de personalidade, pois seu comportamento o deixava confuso quando criança. Caso sua suspeita fosse verdadeira, então teria sido por esse motivo que a mãe o afastava dele... mas, com que intenção, se nem a mãe conversava com o filho e, quando trocavam algumas palavras, a conversa era infrutífera, pois nunca se entendiam?

De vez em quando, durante a madrugada, os empregados se assustavam quando viam Francisco perambulando pelos cômodos. Achando que ficaria louco ali dentro, chegou à conclusão de que precisavam vender aquele imóvel o mais rápido que pudesse.

Como desculpas para o estado de conservação daquela propriedade, dizia aos poucos empregados que aquele imóvel seria vendido brevemente e seria desperdício gastar dinheiro com reparos.

Pensou em deixar de vez aquela cidade, mas se lembrou do recém-aberto escritório de advocacia. Tinha clientes, poucos, mas era um começo. Talvez a quantidade pudesse ser uma boa desculpa para fechá-lo. Ele já não sabia mais o que fazer.

Após o funeral, Miguel retornou para Alcântara. Passados alguns dias, atendendo ao pedido de Maria, retornou quando soube que o bebê receberia alta. Compareceu ao hospital e identificou-se como sendo o pai daquela menina. Não estava mentindo de tudo, afinal, ela seria registrada por ele.

Ao ter o bebê em seus braços, ele não se conteve. Quem viu aquele homem chorando dificilmente diria que não seria o pai. Ficou observando aquele pequenino ser que poderia ter sido dele. Depois, passou-o para os braços de Maria, que ficou comtemplando o rostinho daquela menina, "o milagre daquele dia", disse o médico. Seguiram para casa. Miguel ainda ficou por algumas horas. Agradeceu pelo convite para ficar mais alguns dias, mas disse que precisava voltar.

— Qualquer coisa que você precisar, Maria, fale comigo! Mantenha-me informado! Eu amava a sua irmã! Eu queria que ela tivesse optado por mim. Se ela decidiu voltar, com certeza, foi por ele!

Nesse momento, Maria se lembra do recebimento da carta postada por ele.

— Miguel, eu esqueci de te falar, a carta chegou ontem.

Ela foi até o quarto e pegou o envelope ainda fechado. Fez questão de abri-lo na frente dele. De dentro, saíram dois outros envelopes; um endereço a Francisco e o outro, ao próprio Miguel. Maria, decepcionada por não haver nada para ela, ainda olhou dentro do envelope após forçar para ver se saía mais alguma coisa.

Pensativo, Miguel ficou olhando a carta em suas mãos. Contemplou a caligrafia dela e, depois de um tempo, olhou para Maria cujos olhos imploravam por sua abertura.

— Perdoe-me, Maria! Eu prefiro fazer a leitura quando estiver em casa. Caso tenha algum recado para você, eu a deixarei saber. Deu-lhe um abraço e partiu.

Maria já havia preparado tudo dentro de casa para receber aquele anjinho que não teve a oportunidade de conhecer a mãe. Ela adaptou o quarto que pertencia à Rosa. Encontrou o equilíbrio perfeito ao misturar alguns pertences da irmã, fazendo uma interação entre mãe e filha. Sabia que ficaria com a criança provisoriamente e que tinha que falar com Francisco. Porém, sempre dizia "Amanhã eu vou, sem falta!".

No início, a dor da perda era contínua, porém, com o passar dos dias, a presença do bebê contribuiu para que ela fosse se atenuando. De um lado, a tristeza pela saudade da irmã e, do outro, a felicidade em ter seu bebê saudável nos braços; um indescritível misto de emoções. Assim que repousou a criança no berço, ficou olhando para ela demoradamente. "Que nome o pai dará a ela?" "Será que Rosa já teria escolhido um nome?"

Francisco, sem ter com quem desabafar, suportou sozinho aquela perda, que poderia ter sido evitada, caso ele não tivesse se deixado levar pela luxúria, um de seus arrependimentos.

Decidido a voltar ao trabalho, contratou um jovem recém-formado, mudou seu comportamento, deixou de beber. Ainda que tivesse a barba por fazer e os cabelos por cortar, continuava um homem muito bonito.

Todos os dias dizia que tinha que falar com Maria. Devia-lhe uma explicação e, quando se sentiu pronto, ao final do expediente, decidiu fazer-lhe uma visita.

Enquanto preparava a mamadeira da criança, Maria perguntava-se sobre o que poderia estar escrito naquelas cartas. Pensou ter ouvido batidas à porta, acabou ignorando. Talvez tivesse sido na casa ao lado. Ela havia ficado tanto tempo pensando naquelas correspondências que as batidas poderiam ter sido até mesmo frutos de sua imaginação.

Apagou o fogo, passou o mingau da panela para a mamadeira e a colocou em um recipiente com gelo para acelerar o resfriamento.

Maria não estava preparada para receber visitas. Estava desarrumada e triste. Na verdade, decepcionada por nenhuma das cartas ter sido para ela. Na dúvida, foi até a porta da sala, abriu a pequenina janela e, mesmo que de costas, reconheceu aquele homem que já desistira de esperar. Abriu a porta o mais rápido que pôde.

— Francisco!

Após ouvir seu nome, ele para e retorna rapidamente. Encaram-se. De um lado, o silêncio da culpa e, do outro, a curiosidade em saber o conteúdo da carta.

Maria o convida para entrar.

— Eu não te vi no enterro de Rosa. Você recebeu a mensagem?

— Eu não fui porque achei que você estivesse com muita raiva de mim. Não quis falar comigo pessoalmente, não me chamou para ajudar... Maria, nós somos amigos, ou pelo menos éramos.

Francisco, em prantos, caiu de joelhos e pediu perdão à Maria. Ela até tentaria dar-lhe um abraço, mas não tinham intimidade, então, preferiu trazer-lhe um pouco d'água.

Estendeu-lhe o copo e deixou que chorasse até que se acalmasse. Enquanto isso, foi até o quarto, abriu a gaveta e pegou a carta. Por um momento, sentiu-se egoísta ao recuar e devolver a correspondência à gaveta. Porém, seu caráter, a curiosidade naquelas linhas e o respeito por Rosa, que sempre havia confiado nela, fizeram-na mudar de ideia.

Ao retornar à sala, Francisco se encontrava sentado no sofá, com as mãos encobrindo o rosto, envergonhado. Ele não percebera a aproximação dela. Maria tomou-lhe uma das mãos e nela depositou a carta. Ele olhou para ela sem entender do que se tratava. Ela fez um sinal indicativo com a cabeça, para que ele olhasse para a carta em suas mãos. Ao reconhecer seu nome e a letra de Rosa, Francisco rapidamente rasga o envelope.

Alcântara, 4 de maio de 1998

MEU QUERIDO FRANCISCO,

Conforme informei à Maria, retornarei para São Luís dentro de duas semanas.
Sim. Temos muito o que conversar.
Talvez nós tenhamos nos precipitado em nossas tomadas de decisões, inclusive nessa, mas nada como o tempo para dizer o que vale a pena ou não...

Com amor,

ROSA

Enquanto Francisco fazia a leitura, ela foi ao quarto e retornou com o bebê em seus braços, quase ao mesmo tempo em que ele havia concluído.

Mais uma vez, aquele homem caiu em prantos mas, agora, de felicidade.

Maria passou o bebê para Francisco que, com seus braços protetores, enlaçou aquele pequeno ser carinhosamente, mantendo-o bem próximo ao seu corpo.

Olhou para Maria com gratidão e, percebendo seu interesse pela carta, entregou-a. Enquanto Maria a lia, ele admirava aquele presente de Deus.

Foi graças àquela leitura que ela entendeu toda a história, todo o drama, toda a pressa, todo o desespero, toda a esperança e toda a alegria de viver da irmã.

A criança havia sido fruto de um amor verdadeiro, num momento fugaz. Muitas promessas tinham sido feitas, mas foram esquecidas por falta de amadurecimento.

Na carta, Rosa revelava o nome que gostaria de dar ao bebê. "Ana. Ela se chamará Ana", disse Maria.

Naquele reencontro, logo após o bebê dormir, Francisco e Maria ficaram conversando por um bom tempo. Juntos, tentavam encontrar a melhor solução para a criação de Ana. A bebê deveria ficar na casa do pai, mas Francisco não quis se impor. Ele entendia a tristeza de Maria.

Como conseguiriam resolver aquele impasse? Francisco estava relutante em ficar com a filha, então, sugeriu que Maria fosse morar na casa de seus pais, assim, ela teria contato com a sobrinha diariamente e, juntos, poderiam acompanhar seu crescimento.

Maria, por sua vez, não aceitou, pois nem Rosa nem ela gostava daquela casa. E Francisco também não.

— Rosa não gostaria que sua filha fosse criada nessa casa — afirmou. — Não me pergunte o porquê, Francisco.

— Minha irmã e eu venderemos aquele casarão, Maria. Nenhum de nós gosta dele e eu jamais criaria meus filhos lá. Seria por pouco tempo.

Maria foi pega de surpresa ao ouvir "E se a gente se casasse?".

— Isso. A gente poderia se casar... Poderíamos criar Ana como se fosse nossa filha, guardaríamos as cartas de Rosa para que quando ela crescesse e tivesse idade para compreender, pudéssemos contar a verdade.

— Mas você amava a minha irmã.

— Sim, Maria. Não vou mentir para você... Eu amava a sua irmã, porém, o amor pode ser construído com o tempo. A não ser que você já tenha um pretendente, se for esse o caso, desculpe-me. Eu não tenho esse direito; impor algo sem saber nada sobre sua vida particular.

Maria acabou aceitando. Eles oficializaram a união e a celebraram com as pessoas mais próximas.

Ninguém sabia o real motivo daquela união, bem como ninguém ousou perguntar. Era sabido que a criança precisava de pais e Maria não conseguiria criar sozinha a filha de Rosa. Francisco, um grande amigo das irmãs, se ofereceu para ajudar na criação dela.

Alguns de seus amigos ficaram surpresos por sua generosidade e cavalheirismo, embora não tivessem entendido o porquê de ele abdicar de sua liberdade por aquelas pessoas. Antônia, sua irmã, adorou a ideia, apesar de não esconder sua preocupação.

Naquele dia em que seria seu enlace matrimonial, Maria estava em paz e serena. A união seria feita por meio de um forte laço de amizade.

"Quem sabe no futuro ele venha a me amar também... Quem sabe? Cuidarei bem de seus grandes amores", conversava em pensamento com a irmã quando um dos empregados de Francisco se aproximou e lhe entregou um presente.

Não havia nada de que precisassem, porém, Maria solicitou que colocassem todos os presentes recebidos no escritório do pai de Francisco. Não seriam muitos e, de qualquer forma, nada que atrapalhasse a circulação no interior daquele ambiente.

Não haveria noite de núpcias, afinal, era uma união arranjada.

Porém, Francisco, sem bater, entrou no quarto para dar boa-noite à filha e observa Maria de camisola. Ele vai até o berço onde a criança já se encontra dormindo e beija-lhe a testa; depois vai ao encontro de Maria, que fica sem saber o que fazer. Ele tenta uma aproximação beijando-lhe o rosto, depois procura por seus lábios, sem sucesso. Ele entendeu seu nervosismo e movimentos atrapalhados como uma negativa.

— Talvez não seja o correto, talvez eu esteja sendo precipitado ou talvez não tenha que ser... ainda — pediu perdão e deixou o quarto.

Maria recuou. Como se entregar a alguém que afirmou ainda amar outra pessoa?

Francisco era um homem muito bonito. Seria muito fácil qualquer mulher se apaixonar por ele. Maria sempre acreditou que ele gostava mais de Rosa; afinal, ela era linda.

Os cuidados e as atenções foram todos para a criança naqueles primeiros meses após o casamento. Não houve urgência em abrir os presentes. Certamente, não precisavam de absolutamente nada.

Os presentes de casamento seriam levados para o novo lar tão logo fizessem a mudança. Passaram-se semanas e eles continuavam embrulhados no mesmo lugar dentro do escritório. Enquanto isso, Francisco, ocupado demais com o trabalho, ganhara mais clientes. Eram pequenas causas, porém, sentia-se grato por voltar a ganhar o próprio dinheiro. Agora ele tinha uma família para cuidar e, sempre que estava em casa, dedicava-se por inteiro, principalmente à Ana.

Ele já não aguentava mais ficar naquele casarão, aliás, nunca se sentiu abraçado por aquele lar, um dos motivos que o fez mudar-se para o Rio de Janeiro. Porém, antes de convocar a irmã para um encontro, a fim de decidirem o que fazer com os bens, perguntou a Maria se ela tinha algum lugar de preferência para morar.

— Estou perguntando para você, pois a sua opinião é muito importante. Não quero falhar novamente. Ambos sabemos que Rosa tinha muita vontade de morar em um outro lugar, portanto, preciso saber, Maria... Você também tem vontade de deixar esta cidade? Há algum lugar de sua preferência?

Respondeu-lhe dizendo que nunca pensou em mudar-se:

— Eu amo esta cidade. Apenas não gostaria de continuar morando neste casarão, somente isso.

Antônia e Francisco concordaram com a venda. Pagariam as dívidas dos pais e ainda sobraria uma quantia razoável. A irmã não fez questão do sobrado.

— Francisco, por que você não vai morar lá? Pelo menos, até vocês se decidirem onde querem fixar residência definitiva. Eu não sairei de São Paulo. — E continuou enumerando os seus motivos: — Já tenho minha vida estabilizada em São Paulo e estou perto de minhas filhas, ambas casadas. Daqui a pouco virão os netos. Concordo plenamente com a venda do casarão e que ele seja comprado o mais rápido possível. Já que não consegui fazê-lo mudar de ideia... Não vejo necessidade de vender o sobrado. Não agora, talvez nunca. Ele é a nossa única recordação de papai.

Não demorou muito para que recebessem uma proposta pelo casarão, muito abaixo de seu valor real, mas decidiram aceitar a oferta assim mesmo.

"Antônia, caso você queira algo como recordação, seria bom que viesse uma semana antes da assinatura da promessa de compra e venda, pelo menos. O comprador mostrou interesse em ficar com todos os móveis", foi o texto, no corpo do telegrama, enviado por Francisco.

Antônia atendeu ao pedido do irmão, porém, veio sem a intenção de ficar com coisa alguma. Sua vinda foi tão somente para estar com Francisco, Maria e a criança cuja paternidade foi assumida pelo irmão.

— Você é um bom homem, Francisco. Eu sabia que você era apaixonado por Rosa, mas assumir a criança... Onde você estava com a cabeça? Você é advogado! Você tem consciência de que o pai biológico de Ana poderá, a qualquer tempo, reclamar a paternidade, não? Assim que ele souber que a criança sobreviveu... Não quero nem pensar nessa briga na justiça, o quanto será dolorosa para todos. Maria é apenas a tia, não terá direito à guarda, você sabe disso melhor do que eu.

— Antônia, minha querida irmã, Ana é minha filha biológica. Essa é uma longa história que jamais poderia ser contada rapidamente, em respeito a todos aqueles que fizeram e fazem parte dela. Por isso que te pedi para que viesse com antecedência.

Eles andaram pelo interior daquele casarão, entraram em cada cômodo, relembraram histórias, riram juntos, choraram juntos...

Maria preferiu deixá-los à sós naquela despedida.

Ao entrarem no escritório, Antônia brincou com ele.

— Afinal, você e a Rosa encontraram o tão famoso "tesouro" de que papai falava tanto?

— Não. Era tudo mentira. Talvez uma desculpa para me ter por perto. Ele, quando estava aqui dentro, era uma pessoa tão diferente... Eu nunca o consegui entender, mas também, não entendia a minha mãe. Quando decidi partir para o Rio de Janeiro, pensei comigo... "Quem sabe, estando de longe, eu entenda as coisas que não consegui estando por perto?"

— Você não tinha ideia de como era nosso pai de fato, Francisco! A única coisa de que tenho certeza e que posso te dizer neste momento é que ele tinha medo de que alguma coisa pudesse acontecer contigo. Durante um bom tempo, eu me senti excluída, depois, ignorei essa impressão e decidi fixar residência em São Paulo. Mas nada como o tempo para nos tirar da ignorância. Porém, numa coisa tenho que concordar com você: longe da mamãe ele era outra pessoa.

Após muita resistência, os irmãos cederam aos apelos sentimentais e decidiram manter as fotografias, as joias, entre outros bens, talvez, pela insistência de Maria, afinal, preservar a história da família fazia-se necessário para a pequena Ana, disse.

Pagaram os salários dos empregados, agradeceram a todos pelo comprometimento até o final e lhes desejaram boa sorte.

— Caso haja alguma coisa que queiram do casarão, podem pegar. O futuro dono foi notificado de que retiraríamos algumas coisas.

Maria já tinha feito de tudo para baixar a temperatura da criança, que ardia em febre.

Sem saber mais o que fazer, liga nervosa para Francisco. Aguardavam no hospital por quase uma hora quando o nome de Ana foi chamado. Quando se levantaram para entrar no ambulatório, Francisco foi interpelado.

— Esqueceu-se dos amigos? — perguntou-lhe uma bela mulher cuja elegância fez com que Maria abaixasse a cabeça, envergonhada com sua aparência.

— Maria, eu já te encontro lá dentro — disse Francisco, abrindo a porta para que ela entrasse e a fechando logo em seguida.

— Senti a sua falta, Francisco! — disse a mulher, tocando-lhe o rosto.

— Sou um homem casado, tenho uma filha e uma família agora.

— Mas ela não é sua esposa de verdade. Você não disse que foi um acordo mútuo, um mero protocolo em prol da criança órfã de mãe?

— Sim. Foi um acordo, porém, deixou de ser.

— E posso saber desde quando deixou de ser?

— Desde hoje — deu-lhe as costas, entrou na sala e fez companhia à Maria.

Na volta do hospital, ele ameaçou dizer qualquer coisa, porém, não conseguiu ir além do vocativo...

— Maria...
Os remédios fizeram com que a febre baixasse finalmente.
Francisco, decepcionado consigo mesmo, havia decidido que não entraria no quarto de Maria para lhe desejar boa-noite, como sempre fazia antes de dormir, mas acabou mudando de ideia. Achou que devia a ela uma explicação.
Entrou, após uma rápida batida à porta.
Ele a encontrou vestida com uma das camisolas que ela havia bordado para Rosa.
— Desculpe-me! Perdão! — disse, após olhar para ela com admiração. Logo em seguida, abaixou a cabeça rapidamente, por não se considerar merecedor; porém, antes de se virar e seguir em direção à porta do quarto...
— Tudo bem — disse, virando-se para ele, desejando novamente o seu olhar.
Francisco fechou a porta atrás dele. A partir daquela noite, passaram a ser, oficialmente, marido e mulher.

Já havia-se passado um pouco mais de um ano e Maria não conseguia engravidar.
Num momento de depressão, liga chorando para o escritório de Francisco. Assim que ele retorna do almoço, o jovem estagiário comunica-lhe que sua esposa já havia telefonado três vezes e que chorava muito.
Sem perder tempo, retorna imediatamente para casa.
Ao entrar no quarto, depara-se com Maria rasgando todo o enxoval que havia feito para Rosa, entre outros pertences da irmã. No chão, um amontoado de coisas que ele, dificilmente,

saberia dizer o que mais havia sido descartado e inutilizado. Após um rápido olhar no ambiente, Francisco vê a caixa com as cartas de Rosa endereçadas a ele. Desesperado, corre para verificar entre as coisas no chão, se as correspondências haviam sido rasgadas também.

Antes que ele a pegasse de volta, Maria abre a caixa rapidamente e retira as cartas. Quando estava prestes a rasgá-las...

— Maria, por Deus! O que você está fazendo? — disse Francisco, ao mesmo tempo em que segurava seus braços, impedindo-a de prosseguir.

— Eu não posso ter filhos, Francisco! Não é justo! Por que eu não posso ter meus filhos? Há mais de um ano que eu tento engravidar e não consigo. Por que eu sempre tenho que me contentar com o que pertence a outros? Eu quero eliminar todos os rastros de Rosa desta casa. Ana é minha filha! Nunca diremos a verdade a ela. Prometa-me! Deixe-me ser a mãe dela, por favor!

— Maria, preste atenção no que você está me pedindo! Não peça isso, por favor! Eu não gostaria que fizessem isso comigo e tenho certeza de que você também não — disse-lhe, ainda segurando firmemente seus braços. — Antônia e eu somente guardamos algumas recordações daquele casarão porque você disse que era importante preservar a memória familiar, lembra-se? "Vocês têm que preservar a história para Ana", não era isso que você queria?

Após relembrá-la, Francisco conseguiu tirar as cartas de suas mãos, que já não ofereciam mais resistência.

Ainda chorando muito, Maria deita-se na cama em posição fetal.

— Amanhã, nós dois iremos ao médico! De repente, o problema não está com você; pode ser que esteja comigo — disse Francisco, tentando reanimá-la.

———◦◦◎◉◎◦◦———

No dia em que pegaria o resultado de ambos, Francisco decidiu não trabalhar. Qualquer que fosse o laudo médico, sabia que deveria estar ao lado dela. De posse dos resultados, guardados dentro de sua pasta, decidiu fazer uma rápida parada no escritório para deixar algumas instruções sobre os processos que precisavam ser despachados ainda naquele dia; depois, seguiria direto para a casa.

Entrou em sua sala, fechou a porta e sentou-se em sua cadeira. A curiosidade em logo saber o resultado dos exames o fez abrir os envelopes e seus olhos, imediatamente, procuraram pelas informações mais importantes. Pálido, recostou-se na cadeira. Não sabia se ficava triste ou feliz.

Um dos estagiários bateu levemente à porta, tirando-o daquela profunda reflexão.

— Pode entrar — disse.

— Chegou esta correspondência do Rio de Janeiro para o senhor.

Francisco toma o envelope em mãos.

— Correspondência de Rachel? — perguntou ao rapaz, que não soube o que responder.

— Diacho! O que ela quer dessa vez? — perguntou-se, irritado.

Curioso, com raiva e sem paciência, abre de qualquer jeito o envelope, quase rasgando o documento em seu interior.

Após a leitura do conteúdo, por alguns segundos, ficou incrédulo e sem reação; logo em seguida, apoiou o cotovelo em cima da mesa e começou a alisar as rugas da testa de um lado para o outro, caindo em gargalhadas logo em seguida.

— Só há uma maneira de me livrar de vocês — pensou. Chamou de volta o rapaz.

— Por favor, faça três cópias deste documento. Duas deverão ser arquivadas e a outra, encaminhe em nome dessa pessoa — disse, entregando uma folha com um nome e um endereço ao estagiário.

— Deixarei a carta, que acompanhará o documento, pronta em cima da mesa. Pegue uma das cópias, a carta e as coloque dentro desse envelope. Encaminhe com urgência ainda hoje.

— Dr. Marcus, essa correspondência chegou hoje à tarde para o senhor — disse a empregada, logo após seu patrão deixar a sala de jantar e antes que adentrasse a sala de estar.

— Mas que diabo! Quem é que deu o meu endereço residencial para clientes? — perguntou, tomando-lhe das mãos o envelope.

Assim que lê o nome do remetente, abre o envelope e, depois de alguns segundos, em estado de cólera, grita pela filha.

— RACHEL! RACHEL!

Nesse ínterim, a empregada volta para anunciar uma ligação.

— Dr. Marcus, ligação para o senhor.

Assim que Rachel entra na sala, seu pai, com raiva, joga o envelope com o documento em cima dela e sai para atender a ligação.

Dr. Marcus nada falava, apenas ouvia o interlocutor.

— Não dê ouvidos a ele, pai! Deixe que nos processe. Ele nunca ganhará da gente.

— Endoidou de vez? — disse à filha, após o término da ligação.

— RACHEL! Você quer macular o meu nome? O nome dos nossos ancestrais? Eu não posso perder o meu prestígio. Se esse escândalo vazar é o meu fim; o nosso fim. Onde você estava com a cabeça sua... sua... Eu devia cortar a sua mesada... tirar seu carro... cortar seus luxos. Isso, sim!

Aos poucos, Francisco foi voltando à rotina da vida. Existiam coisas que jamais poderiam ser modificadas. De volta ao trabalho, ainda muito abatido, foi surpreendido pela visita inesperada de um grande amigo; um dos poucos que permaneceram no Rio de Janeiro. Aproveitou aquele encontro e o convidou para almoçarem juntos.

Foram a um restaurante cuja comida típica era uma das melhores da cidade.

— Diga-me, Jorge, o que o traz aqui?

— Na verdade, estou em viagem para Tutoia, onde talvez venha a fixar residência. E como a distância não é muito grande, um pouco mais de cinco horas de viagem, disse a mim mesmo: "Por que não fazer uma rápida visita ao Francisco?"

— Conheceu alguém, né? Bonita?

— Muito.

— Apenas por curiosidade, como andam as coisas por lá?

— Francisco, você tinha que ver o estado em que ficou Dr. Marcus no dia seguinte, após o seu telefonema. Foi impossível deixar de ouvir parte da história. Ao telefone, ele gritava com o contador: "PAGA! PAGA A QUANTIA SOLICITADA!", "NENHUM CENTAVO A MENOS!", dizia aos berros. Ele continua vivo porque, para sorte dele, teve os sintomas de infarto durante o almoço em companhia de Dr. Juliano, que, em nome da amizade entre os dois, resolveu não levar adiante aquele assunto.

— Lamento em saber. Pode até soar falso, mas sou grato pela oportunidade que ele me deu; ela é sinônimo da experiência que tenho hoje. E também sou grato à filha dele pela oportunidade de retribuir ao seu pai os mesmos comentários feitos a minha pessoa. Eu não sei se a Rachel foi ingênua ou burra... Porém, falsificar documentos médicos... Já imaginou se todas as partes que perderam os processos para o Dr. Marcus recorrerem alegando falsidade material?

Levantando o copo para mais um brinde, Francisco disse:
— Nada como um dia após o outro.

Jorge continua a conversa:
— Depois daquele susto, pensou em se aposentar. Não demorou muito para mudar de ideia e proibiu que a filha cuidasse de qualquer caso sem a revisão de outro advogado. Solteira, insatisfeita com a decisão do pai, disse que vai montar seu próprio escritório e procura um sócio. Não quer se candidatar, Francisco?

— Não, muito obrigado!

— Depois daquele episódio, eu acho que ela mudou, Francisco. O pai dela cortou todos os luxos. Demorou muito para fazê-lo, mas fez.

— Se ela mudou para melhor, fuja, meu amigo! Aquele tipo de gente não melhora, apenas diversifica suas maldades.

— Eu sei que não é da minha conta, Francisco, mas qual seria a outra parte da história?

Francisco levava o copo à boca no momento em que aquela pergunta foi feita. Trouxe-o de volta e o repousou sobre a mesa. Ele nem havia comentado a respeito daquilo com Maria. Era um assunto que sempre traria tristezas e mágoas. Esperava, pacientemente, por uma época melhor para fazê-lo.

— Jorge, Rachel falsificou os laudos médicos; os exames pré-nupciais que fizemos. O médico, com certeza, devia ser amigo do pai dela. Eu, em consideração à Maria, que tentava engravidar, mas não conseguia, decidi me submeter ao teste de fertilidade, assim como ela também o fez. Eu passei por tanto estresse, por tantos problemas, que você nem imagina. Por um momento, surtei. Passou por minha cabeça a ideia de que Ana pudesse não ser minha filha biológica, então, existiria a possibilidade de eu ser estéril. Ambas as situações me aterrorizaram, não vou mentir. Mas ela acabou caindo na própria mentira quando o falso documento chegou no mesmo dia do resultado do exame.

— Então... a sua esposa não pode ter filhos...

– Não, não pode. Eu tinha essa suspeição e fiquei muito triste com a confirmação. Por outro lado, essa má notícia me devolveu a felicidade. Sei que parece egoísmo de minha parte. Hoje, eu diria que Maria está mais conformada. Mudando de assunto, conte-me mais sobre você. Por que decidiu sair de lá? — perguntou.

— Rachel passou a olhar com interesse para mim, fiquei com medo... Ela procura por um sócio... Você a conhece muito bem.

— E como... E como a conheço! Fuja, meu amigo, pois aquela mulher é chave de cadeia. Mas é sério, mesmo? Ela ficou te paquerando?

— Não, não. Deus me livre! — respondeu às gargalhadas, e logo em seguida revelou o motivo: — Eu decidi abrir o meu próprio escritório. É bem pequeno, mas já é um começo. A minha família também é do Maranhão. Eu pensei que você soubesse, Francisco.

— E, por falar em família, venha conhecer minha esposa e filha! O sobrado onde moramos não fica muito longe...

— Sobrado, Francisco? — perguntou, ainda não conseguindo processar aquela informação.

— Você é um homem rico agora! Pensei que fosse chegar aqui e ver o seu casarão...

— Nem me fale em casarão! Essa palavra me causa repulsa. Na verdade, sou uma pessoa simples, Maria é uma pessoa simples e existem coisas que o dinheiro não compra. Para que minha filha tenha um bom futuro, eu decidi investir aquela quantia.

— Aquele foi um presente de Rachel. Agora, se ela cometer mais uma burrice... Aí sim, posso ficar rico. Mas acho que aprendeu! — brincou.

— RACHEL! VOCÊ QUER ME MATAR? QUER ME DEIXAR POBRE? É ISSO QUE VOCÊ QUER? O QUE ISSO AINDA FAZ AQUI DENTRO DA MINHA CASA? — perguntou seu pai, aos gritos.

Passado um mês do dia da verdade, aproximadamente, quando as revelações do passado foram trazidas ao presente, chegou para Francisco uma grande caixa. Maria a recebeu e a colocou no escritório improvisado. Pensou que fosse alguma coisa de seus amigos, pois no cartão dizia "Aos cuidados de Francisco".

— Maria, aquela caixa que está lá no escritório... ainda seria algum presente do nosso casamento? — sem entender, perguntou Francisco, não observando seu nome no cartão.

Após ouvir um não, ficou curioso em saber quem a mandou, o porquê a encaminharam e o que havia dentro dela. Olhou o nome e o endereço do destinatário. Não conhecia aquela pessoa, porém, vinha do Rio de Janeiro.

Com os braços preparados para tirá-la do chão, em sua primeira tentativa percebeu que a encomenda só tinha tamanho. Colocou aquele volume em cima da mesa e, depois de abri-la, constatou que havia uma outra caixa em seu interior.

— Isso só pode ser uma brincadeira — disse, ao mesmo tempo em que a retirava.

A curiosidade aumentou após a leitura no pequeno envelope "Aos cuidados de Francisco".

Ao abrir a segunda caixa, deparou-se com um conteúdo inusitado. Foi retirando item por item: uma máscara ("careta") que imitava o rosto de um animal, um objeto muito parecido com o "sino" que ficava em cima da mesa do escritório de seu pai, uma túnica envelhecida com diferentes bordados coloridos e, abaixo dela, um livro de anotações que mais parecia ser um diário.

Francisco tentava entender o que seria tudo aquilo... "O 'sino' que eu fingia chamar os empregados", lembrou-se, envergonhado. Jamais imaginaria que era, na verdade, um chocalho.

Atiçado por aquele conteúdo, retirou o diário e, sem ter notado, foi ao chão um pequeno envelope.

Maria entrou no escritório e se aproximou do marido.

— O que são essas coisas? — perguntou a Francisco, que encolheu os ombros, numa expressão corporal que poderia ser tanto "não sei" quanto "não faço a menor ideia".

— O jantar ficará pronto em trinta minutos — disse, agachando-se para pegar o pequeno envelope caído e o entregando antes de sair.

"Eu sei muito mais do que você imagina" — era tudo o que estava escrito nele.

"Eu já ouvi essa frase em algum lugar", disse, tentando se lembrar de onde ele a teria ouvido. Não demorou muito para que se recordasse. Havia sido no hospital, durante a internação de Ana, e foi dita por sua irmã.

Ainda sem entender, foi passando as páginas. Entre elas, havia algumas fotos; eram de pessoas que ele nunca tinha visto. E foi quando, após olhar a quarta foto, que reconheceu nela o seu pai. Depois, voltou para a primeira página, logo reconhecendo a caligrafia dele.

Apoiou o dorso das costas no encosto da cadeira, procurou uma posição confortável e começou a leitura pela carta.

São Luís, 1996

MEU QUERIDO FILHO FRANCISCO ANTÔNIO,

Peço desculpas pelo modo como me dirigia a você, principalmente quando eu tinha certeza de que seríamos ouvidos. Sei que não preciso dizer por quem, pois tenho certeza de que você sabe.

Ao mesmo tempo em que eu queria que saísse daqui para bem longe, eu o queria o mais próximo possível de mim.

Quando eu te mandava procurar pelo tesouro escondido dentro do escritório, que era o único lugar em que eu me sentia em paz, onde eu podia fazer as minhas orações, os meus pedidos secretos, sem ser ouvido por sua mãe, era porque havia um propósito. Eu aguçava a sua curiosidade na esperança de que, algum dia, você encontrasse todos esses registros.

Na verdade, Bertolina não era a sua mãe verdadeira.

Após o nosso casamento, o meu pai, que ainda era vivo, faliu economicamente e todo o dinheiro que movimentava e sustentava a casa vinha de seu Avelino, pai de Bertolina. Logo, eles ditavam as regras. A sua irmã nasceu ainda no primeiro ano de casamento. Eu tinha vinte e dois anos; muito jovem e sem experiência de vida.

Após sete anos de casados, Bertolina e eu brigamos seriamente. Resolvi sair de casa e foi quando conheci a sua mãe biológica. Seu nome era Esperança. Não poderia haver outro nome que a descrevesse melhor. Sua mãe era muito linda e, encantado por ela, deixei-me apaixonar.

Por algum motivo, tive medo de sua segurança. Até o dia em que você veio viver aqui como sendo meu filho e de Bertolina, conforme consta em sua certidão de nascimento. O seu nome seria

Antônio em homenagem ao santo a quem sua mãe era muito devota, mas Bertolina impôs que você fosse registrado com o nome de Francisco.

Dentro do diário, encontrará a sua verdadeira identidade, bem como algumas fotos de sua mãe, de seu avô materno e minhas. Existem empregados no casarão que sabem de toda a história.

Somente uma pessoa além de mim sabia da existência desses documentos escondidos e, caso alguma coisa viesse a acontecer comigo, eles continuariam guardados em total segurança e seriam entregues a você no momento oportuno.

Eu quero que saiba de uma coisa: todas as vezes em que eu falava sobre os serviçais de maneira preconceituosa, era para que Bertolina ouvisse e assim não te deserdasse por não ser seu filho legítimo, tal qual era Antônia, sua irmã. Nada como o tempo para dizer o quanto eu estava errado... Aquele medo excessivo não tinha fundamento.

Você ainda era adolescente, estudava em um bom colégio, e pode ser que não tivesse se dado conta à época, mas vivíamos tempos difíceis. Dificuldade que começou antes mesmo de você existir, quando o seu avô paterno, Queiroz, não conseguiu se reerguer após perder tudo. O meu pai, bem como o de Bertolina, eram pessoas muito difíceis de lidar.

Que você seja a diferença!

SEU PAI.

Após a leitura da carta, Francisco abre o caderno de apontamento, na verdade, um diário.

Naquele dia, tudo me foi apresentado de forma espontânea, diferente e inesperada...

Fui encontrado deitado no chão. Digo, com certeza, que a minha aparência evocava alguém sem eira nem beira. Não saberia dizer onde estava e, muito menos, por quanto tempo eu havia ficado ali, estirado naquele assoalho, quando fui desperto por sons de pequenos chocalhos e risos infantis.

Sem saber se ainda estaria sob os efeitos do excesso das bebidas alcoólicas da noite anterior ou, deveras, um pouco sonolento, com muita lentidão, abri um dos olhos e depois, rapidamente, o outro. Quis confirmar aquilo que via. Pequenos seres fantasiados que balançavam suas cabeças, de um lado para o outro, em movimentos que, ora permitiam, ora tapavam a entrada da luz solar através da janela inacabada.

Aqueles pequenos mascarados pareciam muito curiosos com a minha figura. O que estariam pensando ao me verem ali, naquele chão? Com certeza, não estariam menos curiosos do que eu, este pobre e desiludido homem.

"Morri", murmurei, com a voz arrastada, voltando a fechar ambos os olhos, aceitando, resignado, minha nova condição. Porém, não demorou muito para saber que ainda estava no mundo dos vivos.

— *Afastem-se, crianças! Deixem o homem respirar! Pai! Pai! Ele está acordando.*

Não dava para ver muito bem, mas apareceu uma criatura enorme que logo se aproximou de mim. Sua máscara, parecida com a cara de um animal, e vestimenta, para quem nunca as tinha visto, a princípio, pareciam assustadoras.

Quando ela chegou bem perto daquele corpo largado no chão, balançou um grande chocalho de cobre cujo som ecoou dentro de minha cabeça e logo abri bem os olhos, deparando-me com ele, a quem chamavam de Cazumbá. Pareceu-me um gigante, não porque eu tinha sua visão do chão, mas porque ele deixou todo o ambiente escuro, após tapar toda a claridade que passava por aquela janela mal-acabada, ou acabada, ou quem sabe seria apenas um buraco na parede.

Assustado, tentei ficar em pé, mas acabei sendo derrubado por minhas próprias pernas e, sem saber onde estava e o porquê daquelas máscaras, permiti que me examinassem, afinal, eu fazia o mesmo com os meus observadores.

Um pequeno ser, com uma careta mais alegre, trouxe-me uma cadeira e, logo em seguida, uma caneca de ágata, com um café forte e amargo, me foi oferecida por ela.

— *Tome!*

De imediato, identifiquei sua voz, aquela ouvida anteriormente. Logo, deduzi que aquele gigante mascarado seria o pai dela.

Foi impossível disfarçar meu interesse por aquela linda jovem.

— *O senhor vai se atrasar* — *disse Esperança ao pai. Nome que acabei descobrindo mais tarde.*

Aquele enorme Cazumbá, pensativo, ficou olhando-me por um bom tempo.

— *Tragam uma túnica, uma careta e um chocalho. Ajudem-no a se vestir! Ele virá comigo.*

Aquele homem jamais permitiria que eu, um desconhecido, ficasse sozinho com sua filha.

"Tudo de que precisava naquele momento era de anonimato", pensei comigo, enquanto me observava no espelho depois de vestido e antes de partir para viver o primeiro dos poucos momentos de verdadeira felicidade que tive na vida.

A leitura foi interrompida por Maria, que abriu a porta do escritório para avisar que o jantar já estava na mesa. Francisco fechou o diário. Caminhou pensativo até o telefone, discou um número e aguardou.

— Oi! Foi você quem pediu para que me encaminhassem a caixa? — aguardou longos segundos até ouvir um "Não", que foi seguido por um longo silêncio. Desligou, esperou alguns segundos e fez uma nova ligação.

— Foi você quem mandou a caixa? — perguntou com seriedade daquela vez.

— Não! — dessa vez, a pergunta foi respondida sem muita demora. — Eu sabia que ela existia, porém, sequer sabia com quem estava e o que havia dentro dela.

— Você sabe quem a enviou? — perguntou Francisco.

— Eu não preciso responder algo que você já não esteja suspeitando, ou melhor, que já não tivesse suspeitado, talvez. Eu não comentei nada, pois eu apenas ouvi as histórias, não tinha nenhum documento e todas as informações que consegui foram através da oralidade. Não poderia provar nada. Quando decidimos vender o casarão, eu pedi muito aos empregados que achassem o tal "tesouro" de papai. Porém, disseram que vasculharam tudo, mas não encontraram nada.

Depois de um logo silêncio, Antônia ouve o som da ligação terminada.

Francisco ficou em silêncio durante toda a refeição. Maria apressou-se em terminar, pois percebeu sua inquietude para retornar a tal objeto.

De volta ao escritório, sôfrego, Francisco devora cada palavra daquele diário e, depois de um tempo, volta a fazer uma chamada.

— Eu sei que é um pouco tarde...
— Eu sabia que você ligaria para mim a qualquer tempo.
— Foi você quem mandou uma grande caixa de presente?
— Sim e não.
— Deixe esse seu jogo sujo de lado, pelo menos uma vez na vida! — disse Francisco, tentando se conter para não gritar.
— Sim e não é a resposta mais apropriada. "Sim", fui eu quem a mandou para São Luís. Achei que seria um bom momento para me redimir de algumas coisas... E "Não", porque ela foi enviada em nome de sua mãe, após a morte de seu pai, depois de nossa separação. A caixa foi enviada para o mesmo endereço onde chegavam as cartas de... você sabe. Naquela época, eu ainda estava com muita raiva de você. Eu não a abri, Francisco, juro! O papel se rasgou e eu a reembalei. Coloquei-a dentro de uma outra para preservar a integridade dela. Sei que não acreditará em nada que eu disser. Eu não me lembro do motivo pelo qual não te dei os pêsames à época... Desculpe-me. De qualquer forma, ela nem era a sua mãe biológica mesmo!

Depois de um breve, porém, interminável silêncio, Rachel ouve o som de uma ligação interrompida propositalmente.

Francisco faz mais uma chamada. Dessa vez, houve demora para que fosse atendida.

— Alô!

— "Eu sei mais do que você imagina." Por que você usou essa expressão lá no hospital?

— Sei lá, Francisco! Pode ser porque eu sempre ouvia mamãe dizer isso para papai ou talvez porque eu acreditava que sabia muita coisa.

— Papai amava muito você. A sua ida para São Paulo, ainda muito criança, talvez tenha sido por causa da minha chegada — disse, antes de desligar, sem dar-lhe chances de perguntar qualquer coisa.

São Luís, outubro de 1972

Eu não consegui esconder por muito tempo. Eu sabia que não conseguiria. A felicidade estampada em meu rosto me traiu.

Quando recebi a notícia, não soube como lidar com ela. A primeira coisa que me veio à mente foi fugir. Não deveria nem pegar minhas coisas, deixaria tudo para trás. Eu a levaria para um lugar seguro, bem longe dali.

Não tenho ninguém com quem possa contar como apoio. Eu sei que errei ao me apaixonar. Eu também sei que fui imprudente ao começar esse relacionamento. Não pensei nas implicações que viriam no futuro. Apaixonado e cego, somente me dei conta quando fiquei sabendo que seria pai novamente.

São Luís, novembro de 1972

Eu estava tão desorientado. Acabei revelando aquele segredo para alguém não confiável, e a notícia acabou chegando aos ouvidos de Bertolina e de seu Avelino.

Chegou o momento em que não posso mais ter medo.

Já decidi: vou me mudar para sua casa. O que está feito está feito.

São Luís, dezembro de 1972

Eu, num devaneio, não imaginei que a receberia... e não demorou muito. "Caso você não volte para casa e continue honrando o casamento com minha filha, vou dar cabo da sua 'Esperança', mesmo embuxada."
Com essas palavras me ameaçou.
Eu sei o quanto ele pode ser ardiloso. Eu sei também que fui ingênuo ao pensar que ele não teria coragem para algo daquela natureza... Preciso fazer alguma coisa urgentemente.
A melhor solução que vejo para proteger Esperança e meu filho é voltando a conviver com Bertolina.

São Luís, junho de 1973

Sou um desvalido, um desgraçado. Nada fiz para impedir a ida de minha filha para São Paulo. Estou sendo vigiado a todo instante. Pressinto que farão alguma coisa contra Esperança e não tenho como avisá-la.

São Luís, junho de 1973

Fiz as contas. Ela está perto de dar à luz.
Consegui enganar aqueles que me vigiavam e corri até a casa dela. Seu pai disse não saber onde ela se encontrava nem para onde a tinham levado. Achei que ele mentira para protegê-la, talvez, de mim mesmo.
Eu não me surpreenderia se eles fizessem algo de ruim. São pessoas muito influentes na região. Chorei muito. Nunca senti tanto ódio em minha vida. Eu passei a odiar Bertolina e seu pai com todas as minhas forças.

São Luís, julho de 1973

Eu sinto tantas saudades suas, Esperança! Sou um morto-vivo. Ninguém sabe o seu paradeiro. Se está viva, se está morta...

De que adiantou toda a sua devoção a Santo Antônio, se nem ele pôde te salvar?

Eu me apaixonei de imediato pela cultura de seu povo; pela luta, pelas tradições.

Confesso que fiz o que jamais pensei em fazer um dia: rezar. Rezei para o seu santo. Rezava todos os dias. Pedia para que você e o bebê fossem encontrados em segurança. Depois parei. Se ele não atendeu, talvez, aos seus pedidos, por que atenderia aos meus?

Arrependido, numa nova tentativa, eu fiz uma promessa. Jamais cumprida, dificilmente seria e eu sabia disso, mas ainda assim prometi que daria continuidade ao legado de seu pai e, a qualquer tempo, cuidaria do grupo de Bumba Meu Boi criado por ele, que me deu a grande honra de representar, por uma única vez, a personagem Cazumbá no único festejo em que estivemos juntos pela primeira e última vez.

Se não fosse a máquina daquele turista visitante, as lembranças morreriam com seus personagens.

São Luís, agosto de 1973

Seu Avelino morreu. Ele, ainda em seu leito de morte, jurou que não havia feito nada com Esperança.

A nossa rotina mudou. Por um momento, na minha total ignorância, senti-me aliviado por Antônia ter sido enviada para São Paulo. Eu não saberia como lidar com tudo isso.

A esperança estava de volta. Não a minha querida Esperança, mas a "esperança" sentimento. Ela voltou quando o seu pai, bem debilitado e sem condições de ficar com uma criança tão pequena, veio até aqui e a entregou para mim. E foi quando fiquei sabendo que a minha Esperança havia morrido no parto devido a uma hemorragia aguda.

E eu, durante muito tempo, acreditei que a tivessem matado...
Eu não soube o que fazer quando tive a criança no colo; chorei muito. Eu não tinha outra saída senão contar para Bertolina. Então, com o bebê nos braços, entrei em casa e fui falar com ela. Eu lhe disse que, durante muito tempo, havia acreditado que ela havia mandado matar Esperança.

Ela me respondeu dizendo que não era boa de tudo; tinha as suas fraquezas como todo mundo as tem, mas que ela não era o monstro que eu tinha criado na minha cabeça.

Depois, perguntou-me o que eu pretendia fazer. Logo respondi que era meu filho e que eu iria registrá-lo.

Fez uma nova pergunta que mexeu com o meu brio. Perguntou-me como eu iria criar aquela criança se eu não tinha condições financeiras. Então, recomendou que a registrássemos como nosso filho. No início, eu não aceitei; ela não era a mãe.

Sem saída, cedi à vontade dela. De qualquer forma, a criança era meio-irmão de Antônia...

Após a leitura de todo aquele registro, Francisco afundou-se na poltrona e acabou adormecendo ali mesmo.

⊸•⊶◎◉◎⊷•⊸

Sem saber nada dos últimos acontecimentos, decepcionado, seu Zé dizia a todo o tempo que seu filho não confiava mais nele.

— Deixa de ser besta, homi! Você não sabe que nem todo mundo diz tudo?

— Ah, é! Então tu não me diz tudo?

— Não. Assim como tu também não me diz, ora. E eu não sei? Se ele não quer falar, respeite, homi de Deus!

Edésio acordou cantarolando naquela manhã. Ele estava tão feliz, tão radiante e, ao chegar perto da mãe, abraçou-a pela cintura, beijou-lhe o rosto e perguntou se ela havia guardado seu primeiro couro do boi, aquele do dia de sua estreia, conforme ele havia pedido.

— Eu o usarei no Encontro de Miolos deste ano.

— Aquela arrelíquia? Sim, meu filho. Está guardado lá no quarto de bagulho.

D. Firmina volta carregando a relíquia com todo o cuidado.

— Guardei conforme você me pediu.

Seu Zé logo compreendeu; ele sabia o real motivo daquela escolha, mas D. Firmina não; ela seguia pelo caminho da fé, do sucesso e da sorte.

— Dizem que as mães têm um sexto sentido apurado... O bordado do boi deste ano te trouxe sorte, não, meu filho? À medida que eu o bordava, pedia por boas vibrações para você.

Seu pai deu-lhe um abraço apertado; muito mais forte que de costume, e, durante aquela troca de afeto poderosa, rogou silenciosamente: "Deus fortaleça o coração de meu filho quando ele descobrir a verdade." Apressou seus passos, tomou o caminho lateral da casa e, antes de chegar à rua, ainda conseguiu ouvir a fala da esposa.

— Homi, os filhos crescem. A qualquer momento eles partirão. Temos que aceitar.

Edésio não conseguia se acalmar de tão eufórico que estava. Nem no dia de sua estreia, talvez, estivesse tão contente.

Ninguém nunca havia visto aquela felicidade no rapaz, quer dizer, não que ele fosse uma pessoa triste; porém, naquele dia, excepcionalmente, ele estava radiante, muito mais do que no dia em que havia visto Ana pela primeira vez. Daquela vez, nada o deteria; absolutamente nada.

Ele estava tão determinado em seus planos que seu pai achou melhor não dizer uma única palavra que pudesse ser mal-recebida e acabar com todo aquele estado de felicidade. Decidiu deixá-lo lutar sua própria batalha e descobrir, por si próprio, toda a verdade que ele não teve coragem suficiente para revelar ao filho. Seu Zé sabia que seria muito criticado por isso e que, talvez, perderia a confiança que todos sempre depositavam nele, mas o que ele poderia fazer se a verdade era dura demais para seu coração mole. Sua família haveria de perdoá-lo.

Maria Cecília já tinha perdido as esperanças de um futuro namoro entre os dois. Àquela altura, já conversavam como amigos, da mesma forma como se conheceram. Os assuntos eram bem variados, tudo amenidades, até que João Miguel passou a ser o assunto.

— Edésio, preciso te contar uma coisa... João Miguel sabia que você gostava de uma menina. Ele havia descoberto até onde ela morava. Na época, eu achava que você não gostasse de ninguém, cheguei a pensar que a gente... bem... deixa pra lá. Eu confesso que fiquei muito curiosa em saber por quem você tinha se apaixonado e João Miguel também, então, decidimos ir até a casa dela para espiar.

"Durante o trajeto, conforme passávamos pelas pessoas, muitas delas o abordavam usando palavras com conotações pejorativas. Teve um homem que chegou a dar-lhe um tapa tão forte na nuca que ele quase foi ao chão. Eu fiquei indignada com aquela situação. Cobrei dele uma reação, e foi quando ele desistiu daquela intenção, alegando precisar voltar para casa."

— Com certeza, ele deve ter feito alguma coisa, pois fiquei sabendo que foi expulso do grupo Boi Divertido. Não querem que ele ponha os pés lá, nunca mais.

Enquanto conversavam, não perceberam a presença de seu Zé.

— Os meus amigos são amigos de verdade — disse, com um sorriso de vitória.

Rua Portugal, Centro Histórico

Aquele encontro seria o evento perfeito para seu plano. Estaria sozinho, sem nenhum integrante do grupo, ninguém para atrapalhar.

Edésio saiu determinado a ficar, pelo tempo que julgasse necessário, em frente ao sobrado da "Rua da Memória", via apelidada por ele, até que a jovem aparecesse na sacada. Mas acabou mudando de ideia e seguiu em direção à Rua Portugal, juntando-se aos outros.

Achou que bater à porta daquela residência seria o mais correto. Estava com coragem suficiente e conseguiria se apresentar sem gaguejar.

Perto do entardecer, deixou o local da festa e seguiu em direção àquela residência. Caminhou por uma rua perpendicular à rua principal do Centro Histórico, fazendo um trajeto que o levaria mais rápido ao seu destino. Enquanto caminhava, passou por alguns poucos bois que circulavam por aquelas vielas.

Ele não precisaria bater à porta, bastaria acenar tão somente, pois toda a família estava na sacada.

Ele não permitiu ser dominado pelo medo e barrou todos os pensamentos ruins que tentavam desmotivá-lo. Continuou caminhando em direção ao sobrado. Conforme se aproximava, respirava fundo e, corajosamente, parou no meio da rua, bem em frente à residência. Saiu de baixo da indumentária do boi e a deixou no chão, ao seu lado. Ele estava impecavelmente bem-vestido.

Fez com que fosse visto, não como uma pessoa banal, como poderia pensar o pai de Ana; porém, de um jeito diferente e, para aqueles que o conheciam, ele jamais seria uma pessoa comum, de tão especial que era.

Edésio, imóvel, olhou fixamente para o alto. Por um momento, não soube o que fazer. Deveria bater à porta, conforme seu plano inicial, ou se apresentaria dali mesmo? E foi quando, instintivamente, acenou para a jovem e fez sinal para que ela descesse.

Precisou desviar sua atenção para o carro que se aproximava, cujo condutor insistiu em pressionar a buzina. Sem muita paciência, pedia-lhe que saísse do meio da rua, apontando, também, para o Boi.

Ele o tirou do chão e o levantou acima da cabeça. A veste da indumentária cobriu-lhe o rosto, impedindo-lhe de ver qualquer outra coisa que não fossem os paralelepípedos da rua, até visualizar a calçada, onde repousou novamente o Boi. Logo em seguida, voltou a olhar para a sacada, agora sem ninguém.

"Decerto, o seu pai lhe ordenou que entrasse... Mesmo após dois anos... ele, ainda assim, tem raiva de mim", pensou Edésio.

Mais uma vez, sentiu-se rejeitado. Ficou perdido em seus pensamentos, sem saber que atitude tomar. Não soube precisar por quanto tempo ficara parado.

Já era noite e a rua estava silenciosa e vazia.

As coloridas bandeirinhas balançavam com o vento, e a iluminação pública ajudava a realçar as suas cores, que contrastavam com o escuro do céu.

Ele ficou olhando para aquele firmamento por um longo tempo.

Nada mais parecia fazer-lhe sentido e, no vazio daquela rua, a tristeza cedeu espaço à raiva.

Edésio tomou nos braços o Boi e o jogou ao chão, batendo-o raivosamente, repetidas vezes. Somente parou quando notou que a cabeça havia se desprendido do corpo. Ficou olhando para ela por um tempo.

— Agora sem você, posso voltar a ser eu — disse para a cabeça caída no chão.

Pegou o resto que sobrou, ainda com o couro bordado por sua mãe, e foi embora, deixando para trás a cabeça.

Virou à esquerda, na próxima esquina, e caminhou pela rua a passos largos.

―――∽∘◎◉◎◉◎∘∾―――

Após deixarem a sacada, Francisco e Maria conversaram seriamente como nunca haviam feito antes.

Ele ainda não estava muito seguro sobre como proceder naquela situação, bem como ainda não havia assimilado a história de sua origem verdadeira. Nem saberia por onde começar a contar. Não havia-se passado muito tempo desde que descobriu sua real identidade. Além disso, a verdadeira causa do acidente da filha era um assunto ainda não revelado. Como confessar à filha a culpa de todos os seus infortúnios?

"Agora esse rapaz está aqui novamente. Será que seu pai lhe contou sobre o ocorrido? Se contou, com certeza ele vai fazer com minha filha o mesmo que eu fiz com ele. Não. Não vou deixá-la ir", pensou Francisco, sendo bem pessimista.

— Ora, ora, ora, que ironia do destino! Logo eu... agora no miolo dessa história! Rosa cultuava esse tipo de festa, a minha mãe e meu avô foram criados dentro dessa cultura, o meu pai se encantou por ela... — em voz alta, sem perceber, deixou escapar informações ainda não reveladas.

Maria, confusa, olhou para ele sem saber do que se tratava.

Revelar toda a verdade naquele momento estava completamente fora de cogitação, e Francisco sabia que corria o risco de não ser perdoado por tantos desencontros, por tantas lágrimas e decepções. Então, acabou permitindo que a filha fosse ao encontro do rapaz.

— Deixemos que ela vá! — disse.

Decisão que não a surpreendeu. Maria sabia que já era hora de ele mudar de atitude e parar com aquela superproteção, porém, mal sabia ela que aquela concordância se dava por outros motivos.

A felicidade em saber que o rapaz ainda se lembrava dela não demorou por muito tempo. Sem saber por qual motivo, voltou a ficar com medo de ser rejeitada. Ela sabia que era uma insegurança tola, sem fundamentos. "Essa cadeira de rodas atrapalhará tudo", pensou.

Talvez todo aquele drama e medo fossem para chamar a atenção.

Quando finalmente criou coragem, deixou os pensamentos negativos de lado. "Eu passei por tanta coisa ruim. Se eu não amadurecer agora, quando conseguirei, afinal?", perguntou-se.

Tinha a tão sonhada autorização do pai.

"Que o Senhor, Deus misericordioso, não permita que aquele rapaz seja como eu! Que ele seja, exatamente, conforme o seu pai o descreveu", rogou Francisco.

Com muito cuidado, levaram-na para o andar de baixo e, em seguida, colocaram-na em sua cadeira de rodas motorizada, com rodas adaptadas para as ruas desniveladas e não asfaltadas, que havia sido um presente de sua tia Antônia e de suas primas.

Francisco e Maria, embora não estivessem preparados para esse momento, conseguiram segurar as lágrimas.

Seu pai ainda insistiu em levá-la até a rua, mas ela quis ir sozinha.

Abriu a porta e saiu.

Ao chegar à calçada, encontrou a rua vazia. Ele já havia partido.

— Ele deve ter me visto sendo levantada por meus pais da cadeira de rodas... Com certeza, ele achou que eu não voltarei a andar... Eu não o culpo por isso — disse, tentando se conformar.

Da sacada, seus pais observavam a tudo. Não suportando ver a filha sozinha na rua, Maria entra, senta-se no sofá e começa a chorar, enquanto Francisco permaneceu observando. Engoliu o choro, mas a dor que sentia no peito era tão forte que desejou a morte a ter que vivenciar aquela situação.

Em meio àquela tristeza, absorta em seus pensamentos, Ana não conseguiu interpretar a sensação de liberdade que sentia naquele momento, no meio daquela rua, agora sem vida, silenciosa e deserta; cheia de pequenos adornos de fantasias que davam pista de que a felicidade havia passado por ali. Mesmo estando impossibilitada naquele momento, ingenuamente, achou que o rapaz, talvez, não tivesse percebido que ela estava numa cadeira de rodas. "Quem sabe ele não tenha desistido por causa de minha demora em atender ao seu chamado? Mas, se ele viu que eu acenei de volta, por que teria ido embora? Sim, eu demorei. Demorei uma eternidade", absorta, tentava achar respostas para suas próprias indagações.

Num movimento de giro, conduziu a cadeira a fim de voltar para dentro da residência, quando teve a impressão de ter visto algo em desarmonia com os vestígios da alegria no local. Moveu-se em direção ao objeto e ficou consternada ao achar a cabeça de um boi caída entre pedaços de fitas, tecidos e bandeirinhas coloridas. Com um pouco de dificuldade, retirou-a do chão e a pôs em seu colo.

Na intenção de voltar para casa com ela no colo, girou mais uma vez a cadeira e acabou ficando de frente para Edésio, que estava a cerca de cinquenta metros de distância. O rapaz havia retornado para recuperar aquela parte do Boi.

Sentiu-se um tolo por ter nutrido tantos pensamentos ruins, todos errados e infundados.

Somente então ele entendeu o semblante triste de seu pai ao passar por ele em uma das ruas do Centro Histórico. Depois, lembrou-se das portas e janelas fechadas no evento do ano anterior, o não aparecimento da jovem no Encontro dos Miolos, após o primeiro encontro dela com o Boi...

"Sim. Ela gostou de mim. Quer dizer, do Boi, mas vai gostar de mim também!", pensou.

A troca de olhares entre eles não precisou de palavras.

— MARIA, venha ver! — Francisco gritou seu nome. Ao se aproximar, ele segura sua mão e a leva à boca e a beija delicadamente. Depois, num abraço caloroso e bem apertado, prende Maria junto ao seu corpo para que testemunhassem juntos, quem sabe, a segunda chance de uma linda história de amor.

Ana mantinha em seu colo a cabeça do Boi, enquanto Edésio caminhava em sua direção, com um lindo e largo sorriso. Ele chegou a iniciar a conversa, porém, foi logo atropelado pelas palavras dela.

— O médico disse que eu vou voltar a andar. Eu até já dei alguns passos sozinha, mas acho que ainda não estarei andando no próximo festejo...

Ele a interrompeu, ao perceber seu medo de rejeição; fraqueza que ele conhecia melhor que ninguém.

— Tenho certeza de que você vai voltar a andar! Agora, quanto ao festejo do próximo ano...

Enquanto balançava a cabeça em sinal negativo, Edésio deu voltas em torno dela, imitando-a, conforme ela havia feito, nas voltas que dera em torno de seu boi no dia de sua fuga. Olhou-a, meticulosamente, como quem fazia cálculos com o olhar.

Parou quando percebeu a tristeza em seu rosto. Ele não tinha a intenção de deixá-la triste e, quebrando o silêncio, disse: — Até lá, caso ainda não esteja andando, você ficará linda numa Burrinha que farei, excepcionalmente, para você encaixar em sua cadeira.

— Só não pode atropelar ninguém, principalmente o Boi! É o Boi quem está te dando esse recado, visse?

Ambos riram.

Francisco e Maria, emocionados, abraçaram-se ao ver os dois jovens conversando e se entendendo.

— Ele a fez sorrir, Maria. Ele a fez sorrir! Ele a fará feliz!

A partir do momento em que Francisco teve aquela certeza, o peso em seu peito deixou de existir.

Após os risos, Edésio e Ana voltaram a ficar em silêncio. A quietude do momento foi quebrada por ele ao retomar a fala, que havia sido interrompida por ela.

— Eu me chamo Edésio. Edésio de Alcântara.

— Ana.

Edésio, percebendo os pais dela na sacada, olha para Francisco demoradamente e depois volta a olhar para Ana. Em seguida, brincando, decide movimentar a cadeira da jovem como quem decidiu levá-la embora consigo. Porém, deu apenas três passos e voltou a olhar para a sacada, agora vazia. Francisco, nervoso, desceu às pressas para pegar a filha. Edésio, ao conseguir seu propósito, rapidamente, roubou-lhe um beijo antes da chegada do pai de Ana.

— Diga ao seu pai que voltarei amanhã com os meus pais.

Do chão, pegou o resto o corpo do Boi com um dos braços e, com a outra mão, pegou a cabeça do colo dela.

Assim que Francisco alcançou a rua, com a cabeça do Boi na mão, Edésio acenou para ele.

Cantarolando, foi embora, virando à esquerda na próxima esquina.

———◆◎◎◎◎◎◎◆———

São Luís, maio de 2019

— Você não quer mesmo chamar as suas amigas? Ainda dá tempo de convidar.

— Não, pai! Eu quero um almoço apenas para a família. Depois, num outro dia, escolherei um lugar para ir, onde elas e eu comemoraremos.

Para comemorar seu 21º aniversário, Ana quis reunir toda a família. Antônia e suas filhas vieram com a intenção de ficarem por uma ou duas semanas. Amália e Joana ainda não conheciam o Maranhão e aproveitariam aquela viagem para percorrerem os bairros de São Luís. Conforme suas disponibilidades de tempo no futuro, voltariam para conhecer, aos poucos, os outros municípios do estado.

Já estava tudo pronto. Maria havia caprichado no almoço. D. Firmina insistiu em ajudá-la, porém, ela disse que conseguiria organizar tudo sozinha.

Antônia, Joana e Amália já estavam na casa de Francisco. Elas haviam chegado de viagem no dia anterior. Edésio e seus pais chegaram um pouco antes do horário acertado.

Maria havia preparado canapés como entradas e aperitivos; uns belisques antes do almoço. A conversa corria solta com muitos risos, muita alegria, e seu Zé, como sempre, muito engraçado.

Maria ouve uma batida na porta e vai verificar quem poderia ser.

— Miguel! — disse em voz alta, completamente surpresa pela visita inesperada.

— Seja bem-vindo, Miguel! — disse Francisco, acelerando o passo para recebê-lo.

— Entre! Sinta-se em casa!

Maria, sem entender, olhou para Francisco.

Após o fechamento da porta, Ana vai ao encontro deles, seguida por Edésio. Ela o conhecia somente pelas histórias contadas. Quando ficou de frente para ela, Miguel a observou cuidadosamente.

— Você se parece muito com a sua mãe! — disse, estendendo a mão logo em seguida; não para um aperto de mãos, mas sim para dar-lhe um presente.

— Não precisava se incomodar! Esse é o meu noivo.
— Então você decidiu fazer Jornalismo...
— Sim. Antes de eu ser responsável pela coluna "Carta ao leitor", do jornal criado pelos alunos da minha escola, ainda estava em dúvidas sobre qual carreira escolher. A minha certeza veio após a minha primeira publicação. Mas como você soube?
— O seu pai sempre me manteve informado. E você é o famoso Edésio. Francisco disse que, assim que você se formar, trabalhará com ele. E o que te motivou a ser advogado?

Sem esperar por aquela pergunta, Edésio olhou para Francisco e, após alguns segundos, percebeu que não valeria a pena reviver antigas mágoas.

— Parece-me uma boa profissão — respondeu, mostrando maturidade ao ignorar os fatos do passado, para alívio de Francisco, que se apressou em interromper aquele interrogatório.
— Venha, Miguel! Venha conhecer o restante da família.
— Antes, deixem-me apresentar a minha esposa, Vitória, e minha filha, Ana Clara.

Antes que fosse se juntar aos outros, Miguel puxa Ana pelo braço e cochicha alguma coisa em seu ouvido. Rapidamente, ela vai até o quarto, deixa o presente em cima da cama e volta para juntar-se com todos.

Maria foi elogiadíssima pelo almoço oferecido.

Após a sobremesa, as conversas continuaram; alguns sentados no sofá, outros em pé, na sacada. Ana aproveitou aquele momento para abrir o presente de Miguel. Pediu licença a Edésio e disse que já voltava. Entrou em seu quarto, sentou-se na cama, rasgou o papel, abrindo logo em seguida a caixa.

Retirou o envelope. Por debaixo dele, encontrava-se um anel. Desdobrou o envelope e retirou dele a carta de seu interior.

Alcântara, 17 maio de 1998

Querido Miguel!

Eu estava completamente equivocada ao querer deixar a cidade de São Luís. A distância me fez ver tudo aquilo que eu apenas enxergava, quando lá me encontrava. Eu lamento por ter sido tão obtusa. Talvez ainda fosse o resquício da rebeldia do passado.
Pode até parecer esquisito o que vou dizer. Eu não tenho arrependimentos. E, mesmo que eu os tivesse, todos já teriam perdido os seus efeitos.
Eu quero que saiba de uma coisa: eu amei a cidade de Alcântara desde o primeiro dia em que cheguei aqui, e foi nesse exato momento que me encontrei dividida, tanto geograficamente quanto sentimentalmente.
Essas duas últimas semanas foram cruéis. Então, conscientemente, fiz a minha escolha, optei por voltar a São Luís, com o intuito de que a minha semente nascesse e fincasse a sua raiz nas terras em que nasci. Além disso, eu quis que o pai dela a conhecesse e que a registrasse, pois seria muita crueldade negar-lhe a paternidade.
Quanto a você, meu querido, sim, eu aceito o seu pedido de casamento.
Achando que seria mais conveniente ir sem ele, retirei o anel — presente de sua mãe pelo nosso noivado.
Vou ali e já volto!
Com todo o meu amor,

Rosa

Enquanto Ana fazia a leitura da carta, do quarto, era possível ouvir as gargalhadas vindas da sala. Assim que terminou, ficou deitada abraçada àquela folha.

— E foi quando eu a vi... Foram paixão e amor à primeira vista...

— Deixe de ser besta, homi! Ou é uma coisa ou é outra.

Todos riam naquele encontro familiar.

— Mas diga-me uma coisa, Edésio, o seu nome... de onde ele vem? — perguntou Miguel.

Edésio dirigiu seu olhar à mãe, afinal, ninguém melhor que ela para contar a história.

— E não deixe de registrar o nome igual ao que está nesse papel! — disse D. Firmina.

Ana voltou à sala e sentou-se ao lado de Edésio. Repousou a cabeça no ombro dele e, ainda com os olhos marejados, ficou olhando para o anel em seu dedo. Depois olhou para Miguel com gratidão.

Já era noite quando seu Zé e D. Firmina decidiram voltar. Miguel aproveitaria a saída deles para também se despedir.

— Você voltará para Alcântara ainda hoje? — Francisco perguntou, preocupado.

— Não. Seria muito cansativo e perigoso. Iremos para um hotel.

— Não. Fique aqui! Você será nosso hóspede. A minha irmã ficará por duas semanas e, caso queiram ficar mais tempo, o sobrado tem quartos para todos.

Ingenuamente ou não, Edésio olhou para Francisco.

— Ainda não! Para você não, rapaz!

— Deixe de ser besta! — disse D. Firmina, dando-lhe um tapa na cabeça.

"A brincadeira é o espírito de vida; é a alegoria da pessoa."
Mestre Apolônio

POSFÁCIO

A ideia de escrever o romance baseado na personagem do Miolo surgiu a partir de uma mensagem sobre o Boi Bumbá, enviada pelo WhatsApp no dia 7 de novembro de 2020, durante o período de quarentena da Covid-19, pelo meu amigo Eduardo Bittencourt. Logo de cara, fiquei encantada com a beleza e o colorido daquele boi, que tinha como pano de fundo várias fileiras de bandeirinhas coloridas que contrastavam com o céu noturno.

A princípio, ocorreu-me a ideia de escrever um conto, que seria o primeiro. Porém, com o desenvolver e a fluidez da história, bem como o número de personagens crescendo à medida em que as tramas iam sendo criadas, o texto acabou culminando num romance.

Sem ter feito pesquisa de campo, precisei buscar conhecimentos e referências sobre o tema na internet e, graças ao Google e ao YouTube, encontrei quase todas as informações necessárias para dar vida à minha personagem. Porém, ainda faltavam elementos para que a trama tivesse coerência. E foi por intermédio do Mestre Douglas (Ateliê Miemart, em São

Luís) que obtive os detalhes finais, os quais me possibilitaram concluir a obra.

O texto já se encontrava em revisão quando, após assistir ao filme *Brincando na floresta*, de Giselle Bossard,[1] decidi criar uma nova trama a fim de introduzir a personagem Cazumbá no romance para homenagear um dos ícones que fizeram história no São João maranhense, o grande Mestre Apolônio Melônio, fundador do Boi da Floresta (um dos mais tradicionais do sotaque da baixada), que lutou pela sobrevivência do Bumba Meu Boi e foi quem teve a ideia de trazer essa personagem do interior.

As informações acerca da culinária e das bebidas típicas da região foram obtidas com parentes e conhecidos que pertencem ao referido estado, e também nas visitas ao Centro Luiz Gonzaga de Tradições Nordestinas — Pavilhão de São Cristóvão —, situado no Rio de Janeiro.

Em relação ao vocabulário regional, as pesquisas foram feitas nos seguintes dicionários: José Neres — Dicionário,[2] Dicionário Nordestino — Rocker Girl[3] e Dicionário inFormal[4]. Porém, as utilizações de algumas expressões e palavras, dentro do contexto desejado, foram explicadas por meu patrono, Maestro Caaraura, presidente da Academia de Arte, Ciências e Letras do Brasil (ACILBRAS).

---

[1] Disponível em: <https://www.youtube.com/watch?v=o083wgkU_EM> Acesso em: 19 abr. 2021.

[2] Disponível em: <https://files.comunidades.net/joseneres/na_ponta_da_lingua.pdf> Acesso em: 21 jan. 2022.

[3] Disponível em: <http://rockergirl.com.br/eita-que-esse-dicionario-do-nordestino-e-arretado-demais> Acesso em: 23 abr. 2022.

[4] Disponível em: <https://www.dicionarioinformal.com.br> Acesso em: 23 abr. 2022.

Com muita gratidão e humildade, aceitei a ajuda da escritora e arquiteta Aila Boler, autora de *As cartas que ficaram na bagagem*, *best-seller* que me ajudou a enriquecer a descrição de um ambiente, com seu primoroso conhecimento em arquitetura e interiores.

GLOSSÁRIO

A
Almoço jantarado: Almoço farto e tardio.
Arrelíquia: Relíquia.
Arretado: grandioso, vistoso, belo.
Arrodear: Fazer uma roda em torno de, cercar.
Arruaceiro: Pessoa que faz arruaça, confusão.

B
Bexiguento: Desgramado, sem qualidades.
Bora: Vamos!

C
Casca de ferida: Pessoa ruim, de má índole.
Casca grossa: Grosseiro, falta de educação no trato com as pessoas.
Catiripapo: Empurrão ou pancada de leve; tapa, tabefe, bofetada.
Chapuletada: O ato de bater em alguém ou algo.
Coisinha: Modo bastante popular de referir-se a alguém ou chamar uma pessoa. Pode assumir valor afetivo ou depreciativo.
Coreira: Mulher que dança o "Tambor de Crioula".
Criou minhoca no quengo: Ficou doido? Endoidou?

D
Destá: Deixe estar.

E
Éééééégua: Muito espanto; espantar-se com algo.
Embuxada: Em período de gestação, grávida.
Empachado: Comeu demais.
Encegueirado: Que foi cegado pela paixão.
Enfarruscar-se: Zangar-se, aborrecer-se, amuar-se.

F
Filho da moléstia: Pessoa muito ruim, malvada, perversa, vingativa.
Furdunço: Bagunça.
Furreca: Insignificante.
Fuxiqueiro: Alguém que fuxica, faz intrigas.

G
Galalau: sinônimo de homem muito alto.

H
Homi: Homem.

L
Levar fumo: Alguém que se deu mal.

M
Mexer com a filha alheia: Mexer com a filha dos outros.
Muié: Mulher.
Muleque: Menino muito danado, mal-educado.

N
Namoro de porta: Namoro dentro de casa e mais respeitoso.
Nó cego: Indivíduo de má índole; malicioso, espertalhão, trapaceiro.

O
Oxente: Expressão de surpresa, espanto.

P
Patuscada: Bagunça, farra.
Peitudo: Corajoso.
Pucardiquê: Por causa de quê?
Puxar uma toada: Cantar uma toada.

Q
Quengo: Cabeça.

T

Tabefes: Tapas.
Terém: Trastes, bagulhos, objetos de uso doméstico.
Tiquim: Corruptela da palavra tiquinho. Pouca quantidade.
Tu num vai lá, não?: Você não vai lá, não?

V

Vazar daqui: Expulsar alguém de quem não se gosta.
Viagem debalde: Viagem perdida; viagem à toa, viagem em vão.
Visse: "viu", "compreendeu".
Vixe: Exclamação de surpresa, espanto.

PALAVRAS ESTRANGEIRAS

Ferry boat: palavra inglesa que significa um navio especialmente utilizado para o transporte de automóveis, comboios e outros veículos e passageiros.

Hall: salão ou vestíbulo espaçoso em prédios particulares ou públicos; saguão.

Lobby: amplo salão ou vestíbulo na entrada de um hotel, teatro ou de qualquer prédio extenso.

Maître: responsável pelo gerenciamento e supervisão do trabalho realizado pelos garçons de um hotel ou restaurante.

REFERÊNCIAS

COSTA, Y. M. P. Sociedade e escravidão no Maranhão do século XIX. Society and slavery in Maranhão 19th century. *Revista Brasileira de História e Ciências Sociais*, v. 10, n. 20, p. 15, jul./dez. 2018.

JESUS, M. G. Espaço, cor e distinção social em São Luís (1850-1888). In: BARONE, A. e RIOS, F. (Orgs.). *Negros nas Cidades Brasileiras (1890-1950)*. 1ª ed. São Paulo: Intermeios, 2019.

Este livro foi composto por fonte Adobe Garamond Pro,
12/16pt, papel Polén Soft 80 gr/m² e impresso
pela Lura Editorial, em São Paulo